TOON TELLEGEN

Het geluk van de sprinkhaan

キリギリスのしあわせ

トーン・テレヘン

長山さき 訳

新潮社

キリギリスのしあわせ

HET GELUK VAN DE SPRINKHAAN

by

Toon Tellegen

First Japanese edition published in 2021 by Shinchosha Company
Japanese translation rights arranged with
EM. Querido's Uitgeverij B. V., Amsterdam
through Tuttle-Mori Agency, Inc., Tokyo.

Nederlands letterenfonds
dutch foundation for literature

The publisher gratefully acknowledges the support of the
Dutch Foundation for Literature.

Illustrations by Daisuke Soshiki
Design by Shinchosha Book Design Division

I

森のはずれの、川のほとりにある灌木《かんぼく》の茂みに、キリギリスの店があった。
ショーウィンドウの窓には大きな文字で、こう書かれていた。

なんでもあります
（太陽と月と星以外）

太陽と月、星以外はなんでも売っていた。椅子、テーブル、ベッド、戸棚、帽子、コート、靴、はしご、熊手、ケーキ、ペン、古い手紙、お茶、木でできた触角、針、うろこ、紙でできたツノ、ちょうちん、砂、苔、カップ、皿、スプーン、ほうき、ブラシ、柄のついた鍬《くわ》、その他たくさんのものを。
朝早くから、どうぶつたちが長い列をつくり、店が開くのを待っていることがよくあった。

ハリネズミは新しい針を何本か、カバは安楽椅子、クマは生クリームたっぷりのケーキとハチミツたっぷりのケーキ、ゾウは二連はしご、シロアリは灰色の仕事着、カエルは自分の鳴き声が砂漠まで届く拡声器、カタツムリは窓（だれが来たか見えるように）、ライオンはあたたかなソックス、コオロギは〈居心地のよさ〉、カブトムシは黒いペンキ、そしてリスは自分の家にあそびにきたゾウがいつでもぶらさがれるランプを買おうとして。

キリギリスの店にはそのすべてがそろっていた。どうぶつたちのなかには支払いについてたずねるものもあったが――それが正確になにを意味するか、知っているものはいなかった――キリギリスはこう答えた。「なんでもやるけど、〈支払い〉のことはやってないんだ」

朝早く、キリギリスは店を開けた。どうぶつたちがあまり待たずにすむよう、毎朝、少しずつ開店時間を早めた。

でも、どうぶつたちのほうも毎朝、少しずつ早く列に並んだ。先頭に並べるように、まえの夜、家を出ることもあった。

地中や海、遠方に住むどうぶつたちや、ムール貝のように動けないものは、買い物リスト入りの手紙を送ってきた。

キリギリスは要望に応じて、なんでも配達した。

だれのためにでも飛んでいき、だれのことも失望させないようにした。

失望……それはなにかとてもひどいものだ、とキリギリスは思っていた。

2

キリギリスは店の奥にある部屋で暮らしていた。部屋にはテーブルと椅子、ベッドがあり、呼び鈴もついていた。夜、閉店後にだれかがなにか必要で、翌朝まで待てないときには、ベルを鳴らせるようになっていた。

遅い時間にだれかが来ても、キリギリスはまったくいやがらなかった。

呼び鈴が鳴ると緑色の仕事着を着て、店のドアを開け、なにを探しているのか、たずねた。たとえ櫛《くし》や笛、乾燥させたブナの実やピン一つであっても揉み手をしてうなずき、「ちょっと取ってくるね」と言った。

お客が満足して櫛、笛、乾燥させたブナの実やピンを手に家路につくと、キリギリスはベッドにもどり、日が昇ってさいしょのお客がドアのまえに並ぶまで、あるいはまた夜中に呼び鈴が鳴るまで、眠った。「いまどうしても戸棚が必要なんだ。扉に鏡がついていて、棚が十二段あって、引き出しが四つあるやつ。銅の蝶つがいがついていて、いちばん上の棚に上がるはしごもついているの」そう聞いたキリギリスは「いまもってくるよ」とうなずいた。しばらくすると、背中に戸棚をかついだお客にドアを開けてやり、夜の闇に消えていくのを見送った。

ベッドの上の壁には〈いつも幸運〉と書かれたボードがかけられていた。昔、遠く離れた草原《ステップ》で見つけたものだ。

もう幸運でなくなっただれかが捨てたものにちがいない、とキリギリスは思った。ボードは家に持ち帰り、壁に飾った。

夜、寝るまえにキリギリスはそれを見て、うなずいて思った。ほんとうに、ぼくはいつも幸運だ、と。

自分はいつまでもこのボードを捨てずにすむといいな、とキリギリスは願っていた。でも、もしいつの日か、どうしても捨てざるをえなくなったら、「幸運」のあとに「だった」と書きたそう。そのあとに名前も書いて、だれも見つけることのできない場所に埋めるのだ。

それからベッドにはいって目を閉じると、キリギリスは今夜はいったいだれが、なにを買おうとして呼び鈴を鳴らすだろう、と考えた。

3

ある日の午後、ケムシが新しいソックスを買いにきた。

どれがいちばん似合うだろうか、とケムシはキリギリスにたずねた。

「いい質問だね、ケムシ。自分ではどれがいちばん似合うと思う？」

「赤いの」ケムシは言った。

キリギリスはうなずいた。「ぼくもそう思うよ。赤いソックスがいいね」

戸棚の引き出しを開けると、何十足もの赤いソックスを出してきた。

ケムシはそれを見て、眉間にしわをよせて言った。「いや、やっぱり青のほうがいい気がする。でも白いストライプが入ったものだよ。白いジグザグのストライプ」

「キミの言うとおりだね、ケムシ」キリギリスは揉み手をして白いジグザグのストライプ入りの青いソックスを山のように出してきた。これだけあればケムシの足ぜんぶにはめてもまだあまり、トゲを踏んでソックスが破れても予備があるほどだった。

「たしかに似合ってるけど……」ケムシは言った。「やっぱり黄色のほうがいいな。黄色いハイソックス」

「黄色いハイソックス……」キリギリスは頭をふって考え、「そうだ！」と言って引き出しを開けた。なかには何百足もの黄色いソックスがぎっしり詰まっていた。

あまりにもたくさんあったので、キリギリスとケムシはソックスの下に埋もれてしまった。

「これより小さいサイズもある？」十足ほど履いてみたあとに、ケムシは訊いた。

「もちろんだとも」ソックスの山から頭と触角を出して、キリギリスが言った。

しばらくすると、たがいの姿が見えなくなり、さけびあった。

「霜降りグレー！　ピンク！　藤色！……」ケムシはさけんだ。

そのたびにキリギリスも「よし！」とか「それがいいね！」、「ぼくもそう思うよ、ケムシ！」とさけび返した。

キリギリスが出してきたおびただしい量のソックスは、しまいには店のドアを押しあけた。

夕方、ケムシは緑色のソックスを片方だけもって、家路についた。緑色がよさそうだと思ったので、家で履いてみて、買うかどうか考えるつもりだった。

キリギリスも緑色がいいと思ったが、いつでも交換にもどってきてかまわない、とケムシに言った。返品しなくても、自分からのプレゼントと思ってもらってもいい、と。

ケムシが帰ったあと、キリギリスはソックスの山の上にすわり、触角をこすりあわせた。

なんでも在庫にそろっているのはなんていい気分なんだろう、と思いながら。

4

カメはキリギリスの店のまえに立ち、ドアを開け、敷居の上にのったが、すぐにまた下りて、ドアを閉めた。

そのままドアのまえの草の上に立って、前後に少し動いていた。

そのようすに気づいたキリギリスが外に出てきて言った。

「こんにちは、カメ」

「こんにちは、キリギリス」

「なにか買いにきたの？　なにか特別なもの？」

「いや、それがね」カメが言った。「すごいヘンかもしれないんだけど、椅子を探してるんだ」

「椅子か」キリギリスが言った。「椅子なら何百脚もあるよ」

「自分用じゃなくて、甲羅の上に置きたいんだ。ヘンだと思う？」

「そんなことないよ」ほとんどなにもヘンだと思ったことのないキリギリスは、そう答えた。

「甲羅の下はすごく狭くてね……だれかがたずねてきてもほとんど場所がないんだよ。甲羅の上に椅子を置けば、お客さんにそこにすわってもらって、ぼくはふつうに甲羅のなかにいればいい。どう思う？」

だがキリギリスはすでに店のなかにもどっていた。しばらくすると安楽椅子をもって出てきて、甲羅の上に置いた。

「安楽椅子だよ」キリギリスは言った。

「ほんものの安楽椅子？」カメは上ずった声で訊いた。安楽椅子がいいなと思っていたのだ。

「ほんものの安楽椅子だよ」キリギリスは言った。

「ありがとう、ありがとう！」カメは踵《きびす》を返し、安楽椅子を甲羅にのせて、森にもどっていった。

翌日、カバがカメをたずねてきた。

カメはケーキを焼いて紅茶を淹れ、カバは助走をして甲羅に飛びのり、安楽椅子にすわった。

「いいねえ」カバは満足して安楽椅子の背にもたれた。

それからカメとカバは紅茶を飲み、ケーキを食べた。

「なにか話をしようか？」カバがくちびるを舐め、カップを置く音がしたので、カメは声をかけた。

「いや」カバは目を閉じて、眠りに落ちた。

カメは安楽椅子が甲羅からすべり落ちないように、じっと動かずにいた。しばらくしてカメは言った。「いやあ、なんとも楽しい気分だねえ、カバ。キミもそう思わない？」

遠くのほうから、小さないびきが聞こえてきた。

5

ある朝、クマはキリギリスの店でケーキを百個買って、昼までにぜんぶ食べようと思いついた。

「まだやったことがないんだよ、キリギリス」クマは言った。キリギリスはカウンターの奥に立って、考えながらクマを見つめた。

「一個でもあんなにおいしいんだから、百個食べたらどんなにおいしいだろう」クマは言った。

キリギリスはうなずき、もうしばらく考えてから店の奥に行った。

クマは立ったまま目をぎゅっと閉じた。自分がとつぜん百個のケーキに取り囲まれているようすが頭に浮かんできた。なるべく早くぜんぶ食べきる必要があった。

　ケーキが押しあいへしあいしていた。「今度はぼくだ！」「ぼくが先だ！」「いや、ぼくだ、ぼくだ！」とさけびながら。ケーキたちはたがいにたおしあったり、よじのぼりあったりして、さいごには一個の巨大なケーキになった。自分の頭をはるかに超えたケーキを、昼までに食べきらなくてはならない。「一秒たりとも遅れることは許さんぞ！」ケーキの中心から権威に満ちた声が聞こえてきて、甘いクリームの目が威嚇するようにクマを見つめていた。

　クマはあわててむさぼり食いはじめた。時計がカチカチと音をたて、針はしだいに速く朝の終わり――12に向かっていた。

「間にあわないね！　間にあわないね！」ケーキは金切り声をあげていた。どんどん小さくなってはいたが、それでもまだとほうもなく大きかった。

「うーん」クマはうめき声をあげた。「おいしいとは、なんとフクザツなんだ……」

「うめいてるんじゃないよ！　むさぼり食うんだ！」ケーキがガミガミと言った。

　そこでクマは目を開けた。

　キリギリスがカウンターの向こうから真剣な顔で見つめていた。

「とてもきれいで小さなケーキがあるよ、クマ」キリギリスは言った。「百個のケーキは売ってないんだ」頭をふって、こうつけたした。「〈吐き気〉も売ってない」

「わかったよ」ひたいに冷や汗をかいたクマが、小声で言った。

小さなケーキを買ったクマは、それ以上なにも言わずに店を出た。

店の外で、一口でケーキを食べきったクマは「うまい」とつぶやいて、それから森にもどっていった。

夏のはじめの朝早くのことだった。

6

「金色の帽子も売ってる？」ある朝、ヒキガエルがキリギリスにたずねた。

「売ってるよ」キリギリスは答えた。

「銀色のリボンのついた金色の旗は？」

「売ってる」

「金色のボタンと赤銅色の襟がついた丈の長い黒のジャケットは？」

「売ってる」

「銀色の靴ひもがついていて、かかとがすず製の金色のミュールは？」

「売ってる」

「自分専用の小さなお城は？　壁に金色の枠のついた鏡が掛かってて、ドアノブは銀色で、ベッドはカバノキとブロンズでできてるの」

「売ってる」

しばらく黙っていたあとに、ヒキガエルは言った。「これ以上は思いつかないや」

キリギリスは肩をすくめて言った。「なんでも売ってるんだ」

ヒキガエルは大きな目でキリギリスを見つめた。「ほんとうになんでも？」

「なんでも」キリギリスは答えた。「太陽と月と星以外はね」

ヒキガエルは少し考えて訊いた。「たった一つの星も？」

「売ってない」

「小さな星、一つだけだよ？」

「売ってない」

「すごく小さくて光が弱い星でも？」

「売ってない」

「いちばん小さな、いちばんどうでもいい星も？　いままでだれも気づいたことがなくて、夜空を見上げてそれがなくてもだれも気にしない星」

「売ってないね」

ヒキガエルはまた少し考え、頬をこすり、頭をかき、「フム」と聞こえるような音を出した。

それからキリギリスにあいさつをして店を出ようとした。

ドアのところで立ち止まって振り向いたヒキガエルは「よかった！」と言った。

それから店を出て、森の空き地を横切り、木々のあいだに姿を消した。

7

クモがキリギリスの店に這《は》って入った。ガックリ気落ちしたようすで、カエデとシナノキのあいだに一日がかりで編んでいた新しい巣が、完成まぢかに突風に吹き飛ばされてしまった、と話した。

「突風なんて大きらいだよ、キリギリス」クモは言った。

「だろうね」キリギリスは言った。

「もう巣を編むのはこりごりだ」クモが言った。「編むのはやめるよ。突風ときたら……いったいなにがしたいんだろう？」

キリギリスは黙っていた。

「自分で編まずに吊るすだけでよくて、突風が吹くなり壊れてしまわないような巣、売ってないかな？」

「売ってるよ」キリギリスは戸棚を開けて取りだしたものをカウンターに置いた。

クモは大きく目を見開いて訊いた。「これはなに？」

「すくい網だよ」

「すくい網か……これはこれは……」

クモはすくい網の柄をつかんで振りまわし、さけんだ。「これだ！」

キリギリスにあいさつもお礼も言わず、すくい網を手にしたクモは店を出た。

ほがらかに森のなかを歩いていると、ハエが飛んでいるのが見えた。

「おーい、ハエ！」クモはさけんだ。すくい網を振りまわしてハエをつかまえ、自分の足元に置いた。

ハエがクモを見上げて言った。「やあ、クモ、またぼくをつかまえたね」

「うん」クモはうれしそうにうなずいた。

「さて、どうする？」ハエが訊いた。

「そうだな、どうしよう」クモが言った。いつもどうしていいか、わからないのだ。

「もう行かなきゃ」ハエが言った。「もとから遅れ気味だったんだ」ハエは網からからだをはずしてつぶやいた。「ねばつかないだけマシだな」それから羽根をきれいにして、飛び去った。

クモはしばらく考えていたが、八方ふさがりに思われた。

すくい網をもってふたたび歩いていくと、とつぜん、高いところから「わーっ！」というさけび声が聴こえてきた。ナラの木のてっぺんから落ちるゾウの声だった。

クモは素早くすくい網をかざして、ゾウを受けとめた。

「ありがとう！」そっと地面におろしてもらいながら、ゾウは言った。

クモはすくい網の持ち手を離し、すわった。

ゾウはそっと頭をなでまわしてみたが、どこにもコブができていなかった。

ゾウは姿勢を正してすわり、探るようにクモを見つめた。「あのね、クモ……」ゾウは言った。

「ちょっと訊いてもいい？」

「いいよ」クモは言った。

「ぼくの親友になってもらえないかな？」

「親友？」クモが訊いた。

「うん。親友って知らない？　どこにでもいっしょについてきて、危険なことがあればいつでも助けてくれる友だち、落ちてきたら……」ゾウは大きな、哀願するような目でクモを見た。

だがクモは首を横にふった。「いい友だちではいたいけどね、ゾウ。とてもいい友だち。でも親友は無理だ。ぼくはまだ自分の親友を探しているところなんだ」クモは咳払いをして小さな声で言った。「親友が存在するかどうか、わからないけど」

「そうなんだね」ゾウは言った。すくい網から這いだし、ほんとうにコブができていないか、もう一度、頭をなでまわすと、森にもどっていった。

クモはその日、すくい網でサイとカワカマス、カササギもつかまえた。

夕方、キリギリスの店にもどると、クモはすくい網をカウンターの上に置いた。

「やっぱり、ぼくには向いてないようだ」クモは言った。

「そうか」キリギリスは言った。

「明日、どうするか考えることにするよ」

店を出るとゆっくり、クモは向かい風に吹かれながら大股で家に向かった。家にはどんな食べ物があっただろう、と考えた。あまり多くはないけれど、ちょうどいいくらいは残っていたはずだ。

8

ある朝、キリギリスはクジラから手紙を受けとった。自分の背中に庭をつくりにきてほしい、という要望だった。

「噴水はもうありません」クジラはそう書いていた。「そのぶん手間がはぶけますね」

店までたのみにいけなくて申しわけないが、現実的に行くのはむずかしい。明日、サメやエイ、その他数名のどうぶつたちを招いてガーデンパーティーを開くので、それまでに仕上げてほしい、と念を押して書かれていた。

キリギリスは戸棚のなかから造園用の道具を取りだし、背中にかついで店のドアを閉め、川に歩いていった。

ヤナギの下の葦のあいだに、海に住む顧客に商品を届けるときに使う舟がとめてあった。

舟にのり、造園用の道具を舟の前方に置き、帆をあげて綱をはずすと、海に向かって川を下った。

キリギリスをのせた舟が通りすぎるのを見たどうぶつたちはさけんだ。「キリギリス！　店は閉まってるの?!」

「そうだよ！」

「ぼくたちのことは？　なにか必要になったらどうすればいい?!」

「クジラのところに行ってくるよ」

「なにしに？」

「クジラの背中に庭をつくりに」

「そうなんだ」

自分の背中にも庭をつくってほしい、と言うどうぶつたちもいた。「頭でもいいよ！」キリンはさけんだ。「ツノのあいだにハンモックをつるして、アザミとトキワサンザシを植えるんだ！」

やってもいいけど、まずはクジラのところに行ってくる！　とキリギリスはさけびかえした。

舟は川から海に出た。

午後のなかばに、キリギリスはクジラのところに着いた。

「こんにちは、クジラ」キリギリスは言った。

「こんにちは、キリギリス」クジラは言った。「見て、これがぼくの噴水だよ。まわりに庭をつくってほしいんだ」クジラは後頭部からまっすぐ上に水を噴き出した。水しぶきは雲まで届きそうだった。

「わかった」キリギリスは仕事をはじめた。

「たくさん花を植えてね」クジラが言った。「花のあいだに砂利か細かい砂の小路《こみち》があるといいな。タールでもいいよ。でも曲がりくねった小路がいいんだ。まっすぐじゃなくて、迷子になれるような。助けてって声が聞こえたら、ぼくが道順を教えるんだ」

　キリギリスはなにも言わず、仕事をした。

「ヤナギと灌木の茂みと藪と空き地もほしいな。噴水のまえが空き地で、そこでスピーチできるように……祝辞だね。『親愛なるクジラ、キミに好意を寄せるわれわれ——サメ、エイ、その他のどうぶつたちは……』ってね。丘もほしい。みんなが陽気になったら、そこからすべりおりられるように。ぼくのつくるケーキをぜんぶ並べられる長いテーブルも。泡と海藻をのせた背の高いオキアミのケーキ……」

　クジラはえんえんとしゃべりつづけ、さいごに言った。「ねえ、キリギリス」

「なに？」

「ぼくって注文が多いと思う？」

「そうだな、注文が多いというより……話が長いかな」

「それは問題？」

「そんなことないよ」

「よかった」

夜になり、さいしょの星たちが空に姿を見せるころ、庭が完成した。

森まで舟で帰るには遅すぎたので、キリギリスは泊まっていくことにした。ヤナギの下、アジサイと満開の小さな桜の木の横に寝た。クジラが噴水を止めた。

「もう寝てる？」クジラがしばらくしてたずねた。

キリギリスは返事をしなかった。ぐっすりと眠っていたのだ。

9

朝早く、まだほとんどのどうぶつたちが眠っていて、太陽がようやく地平線から顔を出したころ、コフキコガネがキリギリスの店に入ってきた。

「こんにちは、キリギリス」コフキコガネは言った。

カウンターのほこりを拭いているところだったキリギリスは、顔をあげて言った。「こんにちは、コフキコガネ」

コフキコガネは店の真ん中に立って、まわりを見まわし、目をふせると小声で言った。

「〈しあわせ〉も売ってる？」

キリギリスは一瞬、鼻をこすって言った。「売ってるよ」

カウンターから出てコフキコガネのまえに立ったキリギリスは、一方の腕をコフキコガネの肩に置いて、そっとダンスのステップを踏んだ。

たがいの頬が触れあった。

なにも言わずに、店じゅうを踊りまわった。カウンターから窓へ、そして開いたドアから外へ。

木々の枝や葉の上で露がきらめいていた。空高く、ツバメが陽光を浴びて輝きながら、行ったり来たり飛んでいた。

つぎのお客がキリギリスの肩をたたいて、店は開いているかとたずねるまで、ずっとそうして踊っていた。

キリギリスとコフキコガネはちょうど開いたドアのまえに立っていた。コフキコガネが小声で「ありがとう」と言った。

キリギリスもなにか言いたかったが、新しいお客――サイだった――がキリギリスをひっぱり、どすんと跳びのっても底が抜けないベッドを探している、と言った。そんなベッドはあるか、サイはたずねた。

「あるよ」キリギリスは言った。サイのむこうに森に入っていくコフキコガネが見えた。ときどき立ち止まっては、ちょっとダンスのステップを踏んで、それからまた歩きはじめた。まだしあわせが残っているのだ、とキリギリスは思った。ぼくにも！　と。

10

冬の終わりのある日、キリギリスは店に鍵をかけた。

ショーウィンドウにボードを置いた。〈都合により一時閉店します。とくに理由はありません。（すべてのことに理由があるわけではない）〉と書いて。

キリギリスは裏口から店を出た。

雪が降ったあとで、世界じゅうが真っ白だった。

キリギリスは雪の上で跳びはね、雪のなかを歩き、雪の下にもぐり、這って進み、しあわせの鳴き声を上げた。

しばらくすると、休憩しながら考えた。雪を売ることはできないだろうか、と。こんなにたくさんあるのだし……。

キリギリスはぎゅっと目を閉じて、ラクダのことを考えた。ラクダは一度、白い砂漠を見てみたいかもしれない……キリンはどうだろう……二本のツノだけが突き出るくらいたくさんの雪を買いたいかもしれない……ライオンはどうだろう……。

キリギリスはしばらくそうして考えていた。

木々の上に昇ってきた太陽が、雪をきらめかせた。

なんてきれいなんだろう、とキリギリスは思った。みんな雪を買いたいにちがいない！

だが陽光があまりにも強いので、雪は解けはじめ、しばらくするとすっかり消えてしまった。

キリギリスは眉間にしわをよせ、自分がなんであるか、とつぜんはっきりと理解した。店主なのだ、と。

裏口から素早く店にもどると、入口の鍵をあけた。

ボードをショーウィンドウから取りだして、代わりにべつのボードを置いた。

〈いつでも開いてます〉

しばらくすると、キリンが店に入ってきた。キリンは白いコートを探していた。

「目立ちたくないんだよ、キリギリス」キリンは外を指さして言った。

また雪が積もりはじめているのが見えた。

キリギリスはうなずいて、分厚い、裏地のついた白いコートをキリンに売った。もう二度と都合が悪くならないようにしよう、とキリギリスは心に誓った。たとえ理由があったとしても。

II

ハリネズミは一度、針以外のものをからだにまとってみたいものだと思った。

ほとんどだれも訪ねてこないのは、針のせいだと思っていたのだ。いっしょにダンスを踊ろうとするものなど、だれもいなかった。

手紙をもらうこともなかった。

みんな、ぼくからの返事も針のように突き刺さると思っているのだろう、とハリネズミは思った。そんなことはないのに。ぼくのお茶だって突き刺さらない。ぼくの考えなんて、まったく突き刺さらない。これまで、針たったの一本分もとげとげしい考えをもったことはないんだ！

ハリネズミはキリギリスの店に行き、針の代わりになるようなものを売っていないか、たずねた。

「売ってるよ」キリギリスが言った。「いろんな種類があるよ」

キリギリスはハリネズミに、針の代わりになりそうなものを見せた。

毛。でもハリネズミはつまらないと思ったし、櫛やブラシで梳《と》かすのがめんどうだった。

うろこ。でもうろこはぬるぬるすべるし、ハリネズミは泳ぐのもきらいだった。いったんうろこをまとったら、泳がないといけなくなりそうな気がした。

羽根。飛ぼうとしたときの悪い思い出がよみがえってきたので羽根もいやだった。

羽毛。手のひらに羽毛をのせてみたハリネズミは思った。羽毛がいいかもしれない。

針をぜんぶ肌から抜いたハリネズミは、薄ピンク色の羽毛をびっしりとからだにまとった。

それからカウンターの横にある鏡に映してみた。

心臓が興奮でドキドキした。ぼくはいまなんて魅力的なんだ！　とハリネズミは思った。これならみんな、ぼくと踊りたがるにちがいない。

ハリネズミがあらゆる方向から自分を見ているあいだに、キリギリスはバクの接客をしていた。

バクはケーキを買いにきたのだが、どんなケーキがいいのか説明できないので、味見をしてから

決めたい、と言っていた。

ハリネズミは想像上の訪問客とダンスのステップを踏んでみて、思った。ダメだ。まるで頭のなかの、反論を許さないだれかにそう言われたようだった。針、針だけだ！　といつも言っているのとおなじヤツだ——ハリネズミは暗い気持ちで思った。

ハリネズミは羽毛を抜きとり、針をまた一本ずつ肌に刺していった。

「だったら踊らなくてもいいや」ハリネズミは言って、キリギリスのほうを見てうなずいた。

だったら孤独のままでいよう、とハリネズミは思い、店から出ていった。

12

ある秋の日の夕方、ロブスターがキリギリスの店に大股で入ってきた。

「こんにちは、ロブスター」カウンターの奥からキリギリスが声をかけた。

ロブスターはあたりを見まわし、あちこちに置かれたものを手に取ってはまたもとにもどした。落として壊したものは、砕けたかけらを自分のハサミで横に押しのけるか、けっとばすかした。

「もうすぐオレの誕生日なんだ」ロブスターは言った。

　キリギリスは黙っていた。

「誕生日はオレだけで祝う」ロブスターがつづけた。「だってオレが誕生日なのはオレだけの手柄だからな。だれかを招待する理由はないだろう？」ロブスターは片方のハサミを目の上にかまえて、鋭い視線でキリギリスを見つめた。「だれかにおめでとうと言われるのもお断りだ。オレが自分で言うから」

　ロブスターはキリギリスをつかんで、少し持ちあげた。

「だがプレゼントはほしい」ロブスターは言った。「適当なものじゃダメだ。とくべつなプレゼントがほしい。あらゆるプレゼントのなかでもっともとくべつなプレゼントだ。あらゆるどうぶつたちの連名でな。あらゆるどうぶつたち、と言ってるんだ。クジラもアリもミミズも赤い縞のある知らないヤツも、だ」

　ロブスターはキリギリスを下におろした。

　キリギリスは仕事着のしわを伸ばして店内を見まわした。自分の店でもっともとくべつなものがなにか、わからなかった。薄いブルーの磁器のしゃぼん玉？　それとも銀色のまつげ？

　キリギリスはロブスターに見せてみたが、しゃぼん玉は店のすみに投げつけられ、まつげは揉みくちゃにされた。

「なんてありきたりなガラクタなんだ」ロブスターは言った。

もしかしたら、ぼくが売っているのはすべてありきたりなガラクタなのかもしれない、とキリギリスは思った。もうなにも見せないほうがよさそうだった。

「明日、結局、なにももらえないとしたら……」ロブスターは真っ赤になり、息づかいも荒くなっていた。ふたたびキリギリスを持ちあげると頭の上で揺さぶった。

「なにがオマエらを襲うかわかるか？」ロブスターが訊いた。

「いえ」キリギリスは答えた。

「良心の呵責だよ」ロブスターはさらに訊いた。「で、そうなったらオマエらはなににになるかわかるか？」

「いえ」

「社会のクズだよ」

ロブスターはキリギリスを部屋のすみに投げつけて、店を出ていった。

「明日がオレの誕生日だ、っていう話だよ」ドアを蝶つがいからむしり取り、少し離れたところの灌木の茂みに投げつけながら、ロブスターは言った。

キリギリスは立ちあがった。触角が折れ、仕事着が破れていた。

触角を立て、新しい仕事着を羽織り、銀色のまつげを伸ばし、しゃぼん玉のかけらを掃きあつめ、戸口にシーツをぶら下げた。

こんなことで店主は動じない、とキリギリスは思った。遠くから〈良心の呵責〉が聴こえてくるような気がした。

13

イタチはテーブルを買いたかったが、ふつうのテーブルではなかった。

「ぼくが途方に暮れて頭をのせたら、声をかけてくれるテーブルがほしいんだ。家のなかが静かすぎるときがあるんだよ、キリギリス……」

「わかった」キリギリスはそういうテーブルを売っていた。

「ぼくが手紙を書いていて……」イタチが話をつづけた。「これ以上なにを書けばいいか、わからなくなったときには、テーブルに助け舟を出してもらいたい。書き終えるまえに破いた手紙が何通あったことか……どうやって手紙を結ぶかも、いつもわからなくて困るんだ。あんなにたくさんのあいさつがあって……そもそも、あいさつってなんなんだろう？　それが知りたいよ。曲がったあいさつとか、木でできたあいさつもあるのかな? あいさつって売ってる?」

だがキリギリスはすでに踵を返して店の裏に行き、イタチの望みどおりのテーブルを取ってもどってくるところだった。

「慎重に扱わないといけないよ」キリギリスは言った。「落としたり、ぶつけたりしないように」

しばらくすると、イタチはテーブルを背負ってキリギリスの店を出た。

翌朝、キリギリスはイタチから手紙を受けとった。

親愛なるキリギリス
朝です。陽光が窓から射しこんでいます。

ぼくはテーブルにむかってすわり、キミに手紙を書いています。

テーブルはもうぼくにおはよう、と言ってくれました。

ちょっとしゃがれ声でした。長く在庫で眠っていたのでしょうね。

これ以上、なんて書けばいいのかわからなくなりました。

ぼくは元気です、と書いて、キミも元気、疑問符、あれ、なんて書けばいいかオレにもわからなくなったぞ、そうだ、たくさんの敬意、〈たくさんの〉の代わりに〈心からの〉にしろよ、〈をこめて〉だな、おからだご自愛くださいもつけとけ、書いたか?

イタチ

キリギリスは手紙を読み、テーブルはやはり途中で傷ついてしまったんじゃないか、と思った。

いや、とキリギリスは考えた。いい手紙じゃないか、と。

14

ある日、ツチブタがキリギリスの店を訪れた。

夏のはじめの静かな朝だった。

キリギリスはカウンターの横の椅子にすわってうとうとしていた。陽光が店の窓から斜めに射しこみ、何千ものほこりが光のなかを舞っていた。

「こんにちは、キリギリス」ツチブタが言った。

「こんにちは、ツチブタ」キリギリスは姿勢を正してすわった。

「買い物リストをもってきたんだ」ツチブタは言った。

「どれ、見せてもらおうか」キリギリスは言った。
ツチブタは必要なものをまとめたリストをキリギリスに渡した。

・湿った砂のはいったたらい（砂にゆったりつかって考えごとができるように）
・からだ全体がはいる帽子（だれかに見られたり笑われたりしたくないとき用）
・毎日一個ずつ、一週間ぶん七個のケーキ（おいしければ来週また七個買いにくる）
・壁にかける絵（見ると嬉しくてブーブー鳴きたくなる、灰色っぽいもの）
・警笛（ぼくが来るのをみんなに知らせて、避けてもらえるように）
・耳につけられる鏡（いつでも後ろでなにが起こっているか、見られるように）
・スコップ（必要なものを土から掘りだすとき、鼻を使わずにすむように）
・小さな真珠色のヘアブラシ（ヒゲと眉毛用）
・新鮮な泥
・いい友だち

キリギリスはリストの品を集めてきた。〈いい友だち〉をのぞいて。「これは別送するよ」キリギリスは言った。

すべてをツチブタにかつがせて、気をつけて帰るように、と声をかけた。

「ありがとう」ツチブタは買い物の重さにうめいたが、頭のなかは別送される〈いい友だち〉のことでいっぱいだった。

〈別送〉がなんであるかは知らなかったが、訊く勇気がなかった。キリギリスにバカだと思われたくなかったのだ。お似合いだから、とバカな友だちを別送されては困るから。バカな友だちはほしくなかった。

そうしてツチブタは家路についた。慎重に、狭い歩幅で。

15

ある朝、キリギリスはショーウィンドウに〈本日、なにも売ってません〉というボードをかけて、森に入っていった。

何時間も歩きつづけ、なにも考えずにいた。

午後には森のはずれの池のほとりに着いた。

キリギリスは草の上にすわって、池を見渡した。

とても静かだった。風もなく、鳴いている鳥もいなかった。

キリギリスは目を閉じた。

ふたたび目を開けると、池のほとりのすこし離れたところにミズスマシがすわっているのが見えた。

「こんにちは、ミズスマシ」キリギリスは言った。

「こんにちは、キリギリス」ミズスマシは言った。「そこにいるって知ってたよ」ミズスマシは足のあいだの地面を棒で突っついていた。

「書かなくてもいいの？」キリギリスが訊いた（ミズスマシはオランダ語で〈schrijvertje〉小さな書き手の意）。

「書かない」ミズスマシが言った。

「なんで？」

「もう書きつくしたから」

「書きつくした？」キリギリスは驚いて言った。

「うん」ミズスマシは言った。「もう書けることはすべて書いたんだよ」

「そう」キリギリスは言った。

しばらくどちらも黙っていた。

それからキリギリスが言った。「キミがまだ書けることがあるんだけど」

「どんなこと？」

「だれも買いたくない言葉が在庫にあるんだ。処分するつもりだったんだけど、キミが使えるかもしれないと思って」

「どんな言葉なの？」

「いや、たとえば、〈言わずもがな〉とか〈仰々しい〉、〈裸足〉、〈創作意欲〉なんか」

ミズスマシは眉間にしわをよせて、しばらく考え、跳びおきた。

「その言葉たち、もらいたい」ミズスマシは言った。「どれもまだ書いたことがないから」

「ぜんぶキミにあげるよ」キリギリスは言った。

それからキリギリスとミズスマシはしばらく並んですわっていた。

太陽が池のなかに消えたように見えたあと、キリギリスは店にもどっていった。

その夜、キリギリスはミズスマシに、売れない言葉たちを詰めた大きな包みを送った。

翌日、キリギリスは手紙を受けとった。


情け深い、寛大な御心の、いくら称賛してもしたりないバッタ目キリギリス科の小売商殿、本日、私共の創作を再開しました旨、これをもちましてお知らせ申し上げます。

文士

手紙を読んだキリギリスは、ミズスマシにもうひとつ、言葉を送った。〈光栄〉だ。いまそう感じています――下にそう書き添えて。

16

リスはふだん、なにかが必要になることはなかったが、ある日、キリギリスの店に寄ってみた。箱が買いたい、とリスは言った。

「とくべつな箱がほしいんだ、キリギリス」

キリギリスはうなずいた。ふつうの箱だけでなく、とくべつな箱もたくさん売っていた。

「手紙を入れておくための箱なんだ」

「なるほど」キリギリスはそれにふさわしい箱を取った。

リスは箱を見て、アリからの手紙を入れたいのだ、と言った。「どれもとてもとくべつな手紙だから」

キリギリスは黙って聞いていた。

「ぜんぶ、さいごの手紙なんだ。永遠に旅に出て、二度と連絡しないときの手紙。お別れの手紙。それがたくさんあるんだよ。まとめて取っておこうと思って」

リスはキリギリスにもうちょっと大きな箱はないか、たずねた。これではアリのさいごの手紙がぜんぶ入らない気がしたのだ。

「けさ偶然、アリのさいごのさいごの手紙をもらったところなんだ。いちばんさいごのお別れの手紙。これがまたとんでもなく分厚くてね」

キリギリスは店の奥に行き、しばらくすると分厚い手紙が百通（あるいはそれ以上）入りそうな箱を手にもどってきた。

すてきな箱だとリスは思った。すでにもっているさいごの手紙はすべて入るし、これからもらうさいごの手紙を入れるにも、当面は十分な大きさだった。

リスはキリギリスに話した。夕方にはアリが訪ねてきて、今日はやめたけれど明日は永遠に旅立ち、もう二度と連絡しないと言うにちがいない、と。それからいっしょにおなかがはちきれそうになるまで、ハチミツとブナの実を食べるはずだ。天気がよければ川に行き、ヤナギの木にもたれて草の上にすわり、川がきらめくのを見るかもしれない。きっとそうなるのが、リスにはわかっていた。

キリギリスにお礼を言うと、リスは箱を背負って店をあとにした。

輝く太陽を見て、リスはこう思った。先に川に行って、草の上に寝そべっていよう。アリが来たら跳び起きて、こうさけぶのだ。「会えてうれしいよ、アリ。今度こそほんとうに二度と会えないと思っていたから！」——いつもとおなじように。

17

ある朝、カタツムリがキリギリスの店にすべりこんできた。

「こんにちは、カタツムリ」キリギリスは言った。

カタツムリがうなずくと、頭の上の二本のツノがゆらゆら揺れた。カタツムリは店内を見まわして言った。

「時間がほしいんだ」カタツムリはしばらく間をおいて眉間にしわをよせると、こうつづけた。

「だれもがみんな、時間がない」

「そうだね」キリギリスは言った。「どんな時間がほしいの？」

カタツムリはふたたび眉間にしわをよせ、自分のあとにだれも店に入ってきていないか、振り向いて確認してから言った。「すべての時間」

キリギリスはそれ以上なにもたずねずに、店の奥の、時間をしまってあるところに行った。貴重な時間、めずらしい時間のほかに、ふつうの時間や、短い時間と長い時間もあった。

しばらくしてキリギリスがもどってきた。

「これが店にあるすべての時間だ」キリギリスはすべてカタツムリに渡した。

カタツムリは時間をつかんで見つめ、店から這いだした。ツノがよろこびに輝いていた。

店からさほど離れていないところで、カタツムリはカメに会った。

「オレはすべての時間をもってるんだよ、カメ！」カタツムリはさけんだ。

カメは顔をあげてカタツムリを見た。しばらく考えたが、なにも答えず用心深く先に進んだ。

カタツムリはカッとして赤くなり、ツノはおそろしいほどにふくれあがった。

「キミには時間がないんだよな？」そうさけび、カメが振り向かないとこうつけたした。「滑稽な甲羅はあるのにな……」

それから気を取り直してまっすぐにまえを向き、森に入っていった。ツノはまた縮み、カタツムリはこう決めた。もうけっしてなにもしない。なにも言わない。考えるなんて、もってのほかだ。時間はたっぷりあるのだからのんびりやるさ、とカタツムリは思った。

18

カラスがキリギリスの店の入り口に立ち、まわりを警戒しながら言った。「この店には〈疑い〉も売ってるのか？」だが、キリギリスが答える間もなく、カラスはつづけた。「ないよな、もちろん。どっちにしたってオレには売らないんだろう。『いや、ごめんね、カラス。ちょうど在庫を切らしてるんだ。明日来てくれたら……』ってな。それで明日来たら、オレに疑いを売るんだろうよ。きれいに包んであって、でも開けたら疑いじゃなくて、陳腐な〈よろこび〉が二、三入ってるだけ。おかげでオレはすっかり満足して店を出て、踊りながら帰るんだ。ほんとうは〈疑い〉がほしかったのにな。ちゃんと聞いてるのかよ？　疑いだ！　もちろん聞いてないよな。たまたま、まちがった耳をつけてるんだから。けさ、こう思ったはずだ。今日はカラスが来そうだから、まちがった耳をつけとこう……店にあった〈疑い〉は急いで家の裏で燃やしたんだろう。

臭いがしてたんだ……」カラスは飛び跳ね、翼でドアをたたき、大声でカーカー鳴いた。「疑いの臭いがしたんだ。疑いの煙だ。オレにはわかってたんだよ」

カラスは踵《きびす》を返し、立ち去ろうとしたが、肩ごしにまだ言っていた。「ここに飛んでくるときにすでにわかってたんだよ。『いや、それは売ってないんだ、カラス……疑いは自分用にだいじに取っておきたいから。キミに対して使えるように……キミのことは一粒の砂ほどにも、一吹きの風ほどにも信用していない……』とな。こっちだっておまえを信用してないんだよ、キリギリス。オレもまったく信用してないから！」

カラスはまだカーカー鳴きながら飛び去り、もはやなにを言っているのかわからなかった。

少し離れたところで、カラスはナラの木のいちばん下の枝にとまり、店を厳重に見張っていた。

キリギリスはさっと、甘いものと愉快なものをいくつか手に取り、こぶしをひらいて外に漂い流し、店のまわりに広がるようにした。

近くにいた鳥たちはさえずりはじめ、ちょうど通りかかったか草の上でまどろんでいたどうぶつたちも陽気にチューチュー、ブーブー鳴いたり、たがいの肩をたたきあったりしはじめた。

カラスでさえもほほ笑みを浮かべ、小声で鳴いて言った。「いやもう、どうだっていいよね……」

ドアのところに立つキリギリスにむかってカラスはさけんだ。「おーい、キリギリス！　毎度おなじみの店主さん！　明日、白いスーツを買いにくるよ。夜会服、売ってるかな？」

「売ってるよ」キリギリスはカラスのむこうの木々のあいだから日が昇るのを見て、揉み手をしながら思った。いい日になりそうだ、と。

19

長いあいだ、ためらい、おじけづき、ベッドの下にもぐり、鏡のまえで何度かはげしく頬をたたいたあと、アブラムシはある朝、キリギリスの店のドアをノックした。

「開いてるよ」カウンターの奥にいたキリギリスはさけんだ。

「お願い」アブラムシは言った。「ぼくのこと、見ないで」

「わかったよ」外にいるのがアブラムシだとわかり、キリギリスは言った。「なにか買いたいの？」

「うん」

「なんでもあるよ」

「〈恥知らず〉が少しほしいんだ」アブラムシがささやいた。

「え？」

「恥知らず」今度はもう少し大きな声で、ささやいた。「ちょっとでいいんだけど、売ってる？」

キリギリスはうなずき、なにも言わずに在庫棚を見にいった。

しばらくすると、店のドアを少しだけ開けて、外になにかを置いた。

「どうぞ、アブラムシ」キリギリスは言った。「これで足りるといいんだけど」

キリギリスはドアを閉め、窓から外を見ていた。

アブラムシは背伸びをして、店の真んまえに立ち、さけびだした。

何時間もさけびつづけ、バタバタと地面を踏みつけ、なにか買いにきたどうぶつたちをひっつかみ、いちゃもんをつけ、なにを買えとか買うなとか指図した。自分のことを〈大アブラムシ様〉と呼び、大法螺《おおぼら》も吹いてみせた。なぜだれも自分に、自尊心および無頓着という感覚について講演してくれと哀願しないのか、自分にはその感情を正確に説明し、どう花咲かせるか、やって見せることまでできるのに——バラのように！　野生のアネモネのように！　なぜなら、知恵そのもののような、この高名なアブラムシ様ほどそれを心得ているものはいないのだから。話しおわると服を脱ぎ、逆立ちをして背中からたおれ、店のドアをふたたびノックした。

〈恥知らず〉を使い果たしたのだ。

「ありがとう」急いでそれだけささやくと、顔を真っ赤にして家まで走って逃げ、鍵を閉めるともはや姿を見せなかった。

その後何年も、アブラムシの家のそばを通ったどうぶつが耳をドアにつけると、自分の軽率な行動を悔やみ、恥じて、ため息をつく音が聞こえてきた。

「なんてことをしちゃったんだ、とんでもないことをしちゃった……」そう言っているのが聞こえた。

どうぶつたちはそっとその場をあとにした。

20

キリギリスはスナガニから手紙をもらった。

冬のおわりの寒い雨の日のことだった。

スナガニも、自分の住む砂漠で店をはじめたいという内容だった。

「だれもここには来ないけれど、それは問題でしょうか？」と書いてあった。

OPEN

「そんなことないですよ。」キリギリスは返事を書いた。「逆に、それなら在庫もショーウィンドウもカウンターも必要ありません。店を開けるために早起きする必要もないし、一日じゅう、店にいる必要もない。親切でいたくないときには親切でいる必要もない。だれかが結局なにも買わないのに、何時間も辛抱強く待つ必要もありません。」

キリギリスはときどき、自分も砂漠で店をやっていたらよかったのに、と思うことがあった。昼間から店の真ん中でうたた寝をしても、ドアが開いてだれかに寝ているところを見られ、どうしても必要だと思っていたものがじつは必要ないと気づいた、と言われる心配がまったくないとしたら、どんなにいいだろう……。

「唯一、必要なのは〈店〉と書いた看板を置くことです。」キリギリスは書いた。

スナガニは心からのお礼をキリギリスに書き送り、看板をつくって砂漠の真ん中に置いた。

それから砂に寝そべって思った。これでぼくも店主だ、と。

これほど誇らしく思ったのははじめてだった。

しばらくするとスナガニはすわり、看板にもたれて広大な、空っぽの砂漠を見渡した。

でももし、とスナガニは考えた。いつか予期せぬ客が来てしまい——万が一ということもある——、なにか買いたいと言ったとしたら、ぼくはこう言おう。残念ながらそれは売ってない、と……あるいは、申しわけないが閉店時間をすぎている、と。いつが閉店時間なのかと訊かれたら、ものすごい昔のことでもう覚えていない、と答えよう……それでもまだごちゃごちゃ言ってきたら、店じまいをしたと言えばいい。理由を訊かれたら、圧倒的なご愛顧により、ということにしよう……。

ぼくには休養がとてもだいじだから、とスナガニは考えた。

そこでスナガニは目を閉じ、二日ほど眠った。砂漠の真ん中の自分の店の真ん中で。

21

イノシシはキリギリスの店のショーウィンドウのまえに立ちつくし、緑色の帽子をずっと見ていた。どうしてもほしかったが、似合うかどうかがわからなかった。

みんながバカにして笑うかもしれない、とイノシシは思った。

キリギリスはイノシシが立っているのを見つけ、外に出てきた。

「こんにちは、イノシシ」キリギリスは言った。

「こんにちは、キリギリス」イノシシは言った。「あそこにある緑色の帽子、ぼくに似合うと思う？」

「あの帽子？　きっと似合うはずだよ」キリギリスは店から帽子をもって出てきて、イノシシの頭にのせた。

「ヘンに見えるんじゃない？」イノシシは一歩さがってみせた。できることなら帽子をくちゃくちゃに丸めて耳のうしろに隠してもちかえり、家に鍵をかけてかぶりたかった。

「ヘンねえ……」キリギリスは言った。「そもそもヘンとはなんなのか……いろんな種類のヘンがあるからね」

キリギリスは咳ばらいをし、斜め上を見上げて言った。「たとえば、ぼくは太陽がとてもヘンだと思うんだ」

「太陽？」イノシシが驚いて言った。「太陽のどこがヘンなの？」

「太陽のどこがヘンじゃないだろうか？」キリギリスは言った。「輝くってヘンじゃない？　あと、沈むのも。キミもぼくも沈んだりしないだろう？」

イノシシは黙り、帽子を少しうしろにずらした。

太陽がヘンだとしたら、すべてがヘンだということだ、とイノシシは思った。でも、すべてがヘンだとしたら、ヘンでないものはなにも残っていないのだから、ヘンでないものがとてもヘン、ということになるだろう。

イノシシはその考えに頭がクラクラして、帽子をいっそう深くかぶった。

「これをいただくよ」イノシシは言った。

「どうぞ」キリギリスは言った。「すばらしく似合ってるよ」

イノシシはモゴモゴあいさつをして帰っていった。緑色の帽子を目にかかるほど深くかぶり、森のなかへと。

22

「月を買いたいんだ」閉店時間ギリギリにキリギリスの店に入ってきたコウモリが言った。

「なんでも売ってるんだけどね、コウモリ」キリギリスは言った。「太陽と月と星は売ってないんだよ」キリギリスはそう書かれたショーウィンドウの窓を指さした。

「どうしてもほしいんだ、キリギリス」コウモリは言った。「たのむから、ぼくだけ例外にしてくれない？」

例外か、とキリギリスは思った。例外を設けたことは一度もなかった。

「すごい慎重に扱うからさ」コウモリはあきらめず、キリギリスににじり寄り、大きな目で見つめた。「洗って、磨いて、いまだかつてないほどきれいに輝くようにするよ。ずっともっていたいわけじゃない。今夜だけ、部屋のすみに置きたいんだ。ぼくだけのために……」

だがキリギリスは首を横にふるだけだった。

「お願い、たのむ！　満月である必要もないからさ。半月でさえ必要ない。いちばん小さな……三日月で十分だ。キリギリス、キミはとてもやさしくて、いつもきれいなコートを着ているね……」

コウモリは涙を浮かべて、これまでだれも見たことがないような目でキリギリスを見つめた。渇望、とキリギリスは思った。これが渇望するということだ。そしてコウモリがしているのは〈説得〉だ。

キリギリスはなにも言わずに外に出て、店沿いに歩き、商品のなかでもっとも長い二連はしごを取ってナラの木にもたせかけ、のぼりはじめた。ナラの木の頂《いただき》のずっと上までのぼると、ちょうどそこにのぼってきた月をつかんだ。

こうする以外にない、とキリギリスは思い、月をかついでおりた。

店のなかにもどると、月を包んでコウモリに渡した。

「ありがとう、ありがとう……」コウモリの声はかすれていた。

コウモリはもう渇望しているようには見えなかった。ちがうふうに見えたが、それにはどういう言葉があてはまるのか、キリギリスにはわからなかった。

コウモリは家にもどり、月を洗って磨いた。部屋のすみに月を掛けると、自分も天井から逆さにぶらさがった。

「いまキミは完全にぼくのものだよ、月」コウモリはささやいた。「そして、ぼくはキミのものだ」

これほど幸せだったことはいまだかつてない、とコウモリは思った。

そうしてコウモリは月明りを浴びて、眠りに落ちた。

だが真夜中に突風が吹き、コウモリの家の窓を押し開けた。月は外にすり抜け、空高くにもどっていった。太陽がのぼると、月はいつもとおなじようにとても静かに沈んだ。まるでなにごともなかったかのように。

キリギリスはその朝、ショーウィンドウの窓に書かれている〈太陽と月と星〉という言葉の下に太い線を描いた。今後は二度と商品でないものを売りたくなかったからだ。たとえどんな目で見つめられようとも。

23

ある夜、ハサミムシが閉店直後にキリギリスの店のドアをそっとノックした。

キリギリスはその音を聞いて、ドアを開けた。

「こんばんは、ハサミムシ」キリギリスは言った。

ハサミムシは返事をせずに入ってきて、店内を見まわして言った。「だれかいる？」

「いないよ」キリギリスは言った。「もう閉店だからね」

「戸棚がほしいんだ」ハサミムシは言った。

「どんな戸棚？」

「なかから鍵をかけられるの」

キリギリスは眉間にしわをよせて、そんな戸棚があったか考えた。

「そこに入って、二度と出てこないようにするんだ」ハサミムシは言った。

「だれかが訪ねてきて、戸棚をドンドンたたいて、どうしても話したいことがあるって言ったらどうする？」

「ぼくにはどうしても話したいことはないし、ドンドンたたかれるのと訪問が大きらいだ、と書いた紙を、扉の下の隙間から押しだすよ」

望みどおりの戸棚があったので、ハサミムシはそれを背負って外に出た。

「またね、ハサミムシ！」キリギリスは声をかけたが、ハサミムシは返事をせず、振り向きもしなかった。

一週間後、キリギリスはハサミムシに手紙を書いた。

親愛なるハサミムシ

キミがいやがるから、訪問せずに手紙を書きます。
戸棚が気に入っているといいのですが。
もし気に入らなかったら、交換もできますよ。
なかから鍵をかけられる戸棚はほかにもたくさんあります。
この手紙を戸棚のなかで読んでいますか？
キミと話す必要はないけれど、一日じゅう、キミのことが気になってしかたありません。

キリギリス

その日の午後、戸棚が大音響とともに、ショーウィンドウの窓を粉々に砕いてキリギリスの店に飛びこんできた。戸棚にはこんなメモが貼りつけてあった。

　ぼくのことを考えられるのはいやだ。
　戸棚は返す。

キリギリスは割れたガラスと壊れた戸棚を片づけた。閉店まえにさっとなにか買いにきていたどうぶつたちが手伝ってくれた。

その後、キリギリスはなんとかがんばって、二度とハサミムシのことを考えずにいられるようになった。

24

キリギリスは眠れなかった。

自分の店と、店で売っているあらゆるもののことを考えていた。店内を走りまわる自分の姿が頭に浮かんできた。客たちがひしめきあい、コートや櫛《くし》、椅子、帽子、ケーキを奪いあい、キリギリスを押したおし、カウンターをひっくり返し、こんな店なんの価値もない、とさけんでいた。

店で売っていない商品を考えてみようとした。なにかあるにちがいない。だれかが入ってきて、どうしてもなにかを必要としているのに「残念ながら……」と言わざるをえないことが。客は泣きだし、店を出るとみんなにさけぶ。「これで〈なんでもあります〉だなんて、あきれたもんだよ！」

キリギリスは天井を見上げ、だれかがそこにいればいいのに、と思った。ツチボタルとか――話を聞いてもらいたかった。

「ぼくの願いがなんだかわかる？」キリギリスは小声で言ってみた。

返事はなかった。

「売り切れになること。なにもかも、完全に。そしたら〈なんでもあります〉を太い線で消して、その代わりに〈一切なにもありません〉と書くんだ。その下には〈太陽と月と星も含めて〉って。ぼくがカウンターの下に隠れていると、店の外にいるどうぶつたちがぶつぶつ文句を言ったり、肩をすぼめたりしているのが聴こえてきて——少なくとも肩で音を鳴らせるどうぶつたちのね——、みんな家に帰っていくんだ。ぼくは空っぽの店で空っぽの棚のあいだで踊って歌うだろうよ。『売り切れたー。なにもかもすっからかん……』って」

キリギリスはそこで黙った。だれも聴いていないのはわかっていた。店にはいつでも、太陽と月と星以外のすべてがそろっていることも。太陽が昇れば起きて、仕事着を着て店を開け、新しいブラシをハリネズミに、新しい靴ひもをムカデに、そしてその日悲しい気持ちでいただれかにハンカチを売ることも。

キリギリスはそこで眠りに落ちた。

25

ある朝、キリギリスの店の入り口のドアの下から、するりと手紙が入ってきた。

親愛なるキリギリス

キミの店では変装用の衣装も売っていますか？

あれば買いたいです。できれば二着。

一着はふだん着で、ぼくが目立たなくなるもの。

それを着たぼくに出くわしただれかが、そのあとほかのだれかに会って、

そのだれかが「ここに来るまでにだれか変わったやつを見かけた？」と訊いたら、

「いや、そういえば今日はまだだれも変わったやつを見かけてないなあ」と

答えるように。「でもさっきクラゲに出くわしたんじゃない？」「クラゲ？

あの気持ち悪い、見た目がツルツルのやつのこと？」「うん、そいつ」

「いや、見てないね。見かけたのはだれか目立たないやつだけだ」
——となるような変装衣装のことです。
それからパーティー用のとくべつなものもほしいです。
それを着たぼくをだれかが見たら、激しく抱きしめたくなるようなもの。
これまでだれもぼくを激しく抱きしめたことがないんです。
パーティーにぴったりの、そんな変装衣装もあるでしょう？
ぼくもみんなのようにしあわせになりたいんです。わかってもらえますか？
いまのぼくはしあわせじゃない。
ツルツル気持ち悪い見た目としあわせはうまく合わない。
変装としあわせは合います。そうですよね？
どう思いますか？　ぼくが変装していたら、ほんとうにほかのだれかなのか、
あるいはそれでもまだクラゲのままで、
いまよりももっと苦しむことになるのか？
自分ではほんとうはクラゲだとわかっているのに、
正直でなくなったことによって。
もういいです。変装はやめておきます。なにもいらない。

このままで生きていきます。気持ち悪くツルツルで。
一度、キミもぼくになってみれば、わかると思います。

クラゲ

26

ハタネズミはキリギリスの店でなにかを買いたくてたまらなかったが、なにを買うかは知りたくなかった。

買ったものを家に持ちかえり、部屋のすみに置いて、ベッドに入ってすぐに眠ってしまいたかった。明日起きて、毎朝そうであるように、自分がどこにいるのかわからず、見まわして、こう思うのだ。ああ、そうだった、ここに住んでるんだ……これがぼくの部屋で……あれがテーブル……あそこにコートが置いてあって……でも、あのすみにあるのはいったいなんだろう？

それからベッドを出て部屋のすみまで行って、それを手に取り、とつぜん、そういえばきのうキリギリスの店に行ったっけ、と思い出したい。

これをぼくが買ったの!?

驚いてひっくり返りそうになりたい。

ハタネズミは驚くのがなによりも好きだった。できることなら一日じゅう、頭をふり、眉を上げ、「こんなことがあるなんて!」とつぶやいていたかった。

ハタネズミは窓のところに立っていた。葉が木々から落ち、灌木のあいだから陽光が低く部屋のなかに射しこんでいた。秋の終わりで、もうすぐ冬が訪れそうだった。

買うのはつまり、ぼくが必要としていないものでなければならない、とハタネズミは考えた。部屋のなかを見わたして、自分が必要としているものをチェックした。新しいテーブル、新しい冬のコート、新しい長靴、新しい櫛。とくに新しい櫛はいますぐ必要だった。

これはぜんぶやめておこう。櫛などは、もってのほかだ。

ハタネズミはうなずいた。

なにかを当てずっぽうに買うということだ、とハタネズミは思った。でも、当てずっぽうに買うって、どうやるんだろう?

ハタネズミにはわからなかった。目を閉じて? それともキリギリスに、なにかぼくが必要としていなくて、自分ではけっして思いつかないものを選んで、とたのむ?

ハタネズミは一日じゅう、考えつづけた。だれかに助言をたのもうかとも思ったが、おそらく

〈助言〉と〈当てずっぽう〉はうまく合わないだろう、とやめておくことにした。

夕方、ハタネズミは外に出た。

閉店間際にキリギリスの店に入ると、ハタネズミは目をぎゅっと閉じたまま、なにかをつかんで言った。「これ、ください」キリギリスが「はい、どうぞ」と言うと、店の外に出て、それを腕の下にはさんで森のなかを走った。家に着くと、ハタネズミはそれを部屋のすみに放り投げてベッドに入り、すぐに眠りに落ちた。

27

キリギリスは〈悲しみ〉も売っていた。悲しい気持ちになりたいものはだれでも、ほんの少しの悲しみをキリギリスに売ってもらえた。

哀愁や過去への郷愁も、店にはすべて取り揃えてあった。

でも、同時にたくさん買うことはできない。

なぜそんなに少しずつしか売ってくれないのか、どうぶつたちがたずねると、そうしなければもはや悲しみや哀愁ではなくなってしまうから、とキリギリスは答えた。

「じゃあ、なんになるの？」

「痛み」

キリギリスは痛みは売りたくなかった。

だれかが痛みを買ってほかのだれかにプレゼントするのが心配だったのだ。

「プレゼントをもってきたんだ。はい、どうぞ」

「ありがとう！　やさしいね。なんだろう？」

「キリギリスの店で買ってきたんだ。開けてみて」

「キリギリスの店で！　だったらいいものにちがいないね……いててっ！　痛いよ！」

痛みを売るくらいなら、太陽や世界全体、あるいは自分の店や自分のいちばん上等のコート〈金色のコート〉、なんなら触角か自分自身を売ったほうがよほどマシだ。

痛みを買いたかったどうぶつたちは、ほんの少しの悲しみや哀愁、過去への郷愁を買って店を出た。たとえ、だれも〈過去〉がなんだか知らず、そこに行ったこともなく、キリギリスが売っているのが、それへの〈郷愁〉だけであるにしても。

28

夕方、カゲロウがキリギリスの店に飛んできた。

命が尽きようとしていて、カゲロウは老いて悲しげに見えた。

「こんにちは、キリギリス」カゲロウは言った。

「こんにちは、カゲロウ」キリギリスは言った。

カゲロウはカウンターの上に止まって、まわりを見わたした。

「あと一日だけほしいんだ、キリギリス」カゲロウはぐっとこらえて言った。「まだやりたいことがたくさんあるんだよ……」カゲロウの目に涙があふれた。「だれかに『また明日ね』って言ってみたい」カゲロウはのどを詰まらせてささやいた。「まだ一度も言ったことがないんだ」（カゲロウはオランダ語で〈eendagsvlieg 一日しか生きられないハエ〉）

キリギリスはなにも言わずに在庫棚の引き出しを開けて、なにかを取りだした。

「はい、これをどうぞ」キリギリスは言った。

「なに？」そう訊いたあとに、それがなんだかわかった。一日だ。朝と昼と夜のある一日じゅう。日の出と日の入り、夜明けと夕暮れも含まれる。秒から成る分、分から成る時でいっぱいの。

「これぜんぶ、ぼくに？」カゲロウは目を大きく見開き、信じられないという顔でキリギリスを見つめた。

「そうだよ」キリギリスは言った。

カゲロウはカウンターから跳びあがり、店のなかを飛びまわった。天井のすぐ下、ランプのまわり、カーテンとレースのカーテンのすきまを大きな音でブンブン言いながら。「ぼくがだれになったかわかる？　〈二日生きるカゲロウ〉だよ！」

キリギリスの頭をかすめて飛びながら、カゲロウはさけんだ。「もうぜったいに終わらないぞ！　二日……。二日もあるなんて……うそみたいだ！」

キリギリスは黙っていた。おそらくカゲロウはまだ一度も〈あさって〉とか〈来週〉について聞いたことがないのだろう。キリギリスは床を見つめ、触角でそっと後頭部をこすった。

カゲロウは店の外に飛び出して、これからみんなのところに言いにいく！　とさけんだ。明日あそびにいくこと、明日の夜パーティーを開くこと、午後にはみんなに手紙を書くこと、砂漠と海に旅にも出ること、家を建てて〈時間〉を仕舞っておく納屋もつくること、裏庭には日没まで夢想していられる東屋《あずまや》もつくること、そのほかにも明日するつもりのたくさんのことを言いに。

キリギリスはカゲロウが飛んでいくのを見送り、明日の午後、また店に来るだろうか、と考えた。

まだ何日ぶんか、在庫があった。

29

ある日の午後、店に客がいなくて陽が照っているとき、キリギリスは店を閉めて川に行くことにした。

ヤナギの下にすわってもたれ、川のせせらぎを聴いていた。

ここはとってもきれいだな、とキリギリスは思った。

そこにカワカマスが水面から顔を出した。

「こんにちは、キリギリス」カワカマスは言った。

「こんにちは、カワカマス」キリギリスは言った。

カワカマスは一瞬、口をパクパクさせ、咳ばらいをして言った。「キミの店に〈洪水〉も売ってる?」

「洪水……」キリギリスはどこに洪水をしまってあったか、考えた。

「売ってるよ」思い出したキリギリスは言った。

「明日、パーティーを開くんだ」カワカマスは言った。「このあたりに住むどうぶつたちを招いてね。大きなパーティーじゃないんだよ。でも会場を少し広くしたくて。小さな洪水があれば、川岸でも踊れるから。ここ、葦のあいだはかなり狭くてね。カエルも来るんだ。ビーバーが歌うことになってる」

「わかった」キリギリスは言った。「明日、もってくるよ。小さな洪水を」

「できればちょっとパーティーらしい洪水がいいな」カワカマスは言った。

「うん」キリギリスは在庫にある洪水がパーティー向きのものであったか、思い出そうとした。

カワカマスはよろこびからくちびるを丸め、キリギリスにお礼を言うと、パーティーの準備をしに川底にもどっていった。

キリギリスは店に向かって歩きながら、どうやって洪水を包み、どうやって川まで運ぶか考えた。

それは複雑な問いで、すぐには答えが出なかった。でも越えられない難題ではない。越えられない難題は存在しない、とキリギリスは思っていた。

30

キリギリスの店の壁には〈おわり〉と書かれたボードがかかっていた。

ボードは店ができて以来、ずっとそこにかかっていた。

だがだれもボードを買おうとはしなかったし、興味さえ示さなかった。

ボードの存在がキリギリスの気にさわった。

だれも買おうとしなくて当然だ、とキリギリスは思った。〈はじまり〉とか〈まんなか〉と書かれたボードも売っていないのだし。

不要だ、とキリギリスは思った。

ある夜、キリギリスは壁からボードをはずして森の奥にもっていき、ナラの木のうしろのシダとイラクサのあいだに投げ捨てた。

翌日、そこを通りかかったアリとリスがそれを見つけた。

歩く速度を落として、なんと書かれているか、読んだ。

「ここがおわりっていうこと？」リスが訊いた。「でも、なんのおわりだろう？」

「あらゆることのおわりだよ」アリが答えた。

ボードのうしろになにがあるか、アリとリスは見てみた。

キンポウゲが咲いていた。

「あれがさいごのキンポウゲだ」アリが言った。

キンポウゲのうしろには踏みつぶされたアザミがあり、さらにそのうしろには枯れてたおれかけたケシがあった。

「ぜんぶさいごの花だ」アリは言って、咳ばらいをした。それから、聞こえないほど小さな声でつけ足した。「ぼくたちとおなじように」

リスは身震いをして、寒いからもう行こう、と言った。アリも賛成だった。

太陽が雲間から姿をあらわし、アリとリスは川に向かった。遠くからすでに波が光っているのが見えた。

「あれは、実際は単なるボードにすぎない」アリはヤナギの下の草むらにすわりながら言った。

「うん」リスは言った。

「あそこがほんものの〈おわり〉じゃない」

「そうだね」

「そんなの、どこにもないんだ」アリは言った。

リスは黙って、川を見ていた。

31

ネズミがキリギリスの店にやってきて、その日の午後、自分の誕生日で聴かせるための〈スピーチ〉を買おうとした。

だが、ぼんやり考えごとをしていたキリギリスは、うっかりまちがったスピーチを渡してしまった。

夕方、どうぶつたちはネズミの誕生日を祝った。ケーキを食べ、ペアで踊り、ネズミの家のまえの草の上にリラックスしてすわっていた。

みんながすわると、ネズミは咳ばらいをしてスピーチをはじめた。

「親愛なるどうぶつたち」ネズミはそう切り出して、見わたした。だれもがうなずき、ほほ笑んでいた。スピーチを聴くのが大好きなのだ。

「みんなが来てくれて、とてもうれしいです」ネズミはつづけた。「ここに来るのが容易でないことはぼくにもわかっています。はじめてここに来たどうぶつも多いですね。そう、森での誕生日にはもちろん何度も参加したことがあるはずです。コオロギやネズミのところで……みんな、ケーキを食べるひまもないくらい何時間も笑ったりしましたね。あるいは、ネズミのスピーチをえんえんと聴かされて、うたた寝していたかもしれません。ネズミのスピーチはなんでいつもあんなに退屈なんだ！　でもここ、海のまんなかでは……」

ネズミは黙り、スピーチの紙を見つめた。

なにか奇妙なものがおなかからのどに這いあがってきた。まるでのどをしめようとする手のようだった。

ネズミはどうぶつたちを見た。

どうぶつたちはまだほほ笑んでいて、しだいに上向きに寝そべり、目を閉じ、同意するようにうなずいていた。

そこでネズミはスピーチの紙を指からすべり落として言った。「だからぼくはネズミ歓迎、この機会みんな、にもかかわらず、心から法外におめでたい感謝」

それはネズミがスピーチらしいと思っているが、正しい順番を知らない言葉たちだった。

それ以上はなにも言わず、さいごの一切れのケーキを食べきって口を拭い、どうぶつたちのあいだにすわって空を仰いで目を閉じると、ネズミも眠りに落ちた。

32

カブトムシは〈絶望〉がほしかった。ほんものの絶望だ。

「ぼくの絶望は見せかけの絶望なんだよ、キリギリス」カブトムシは言った。「自分をだまして、絶望してるふりをしてるだけだ。ほんとうはそうじゃないのに」

カブトムシがあまりにも悲しそうに見つめるので、キリギリスは目をふせた。床にほこりが二、三、落ちているのが目に留まり、カブトムシがいなくなったら掃き集めようと思った。

「実際のぼくはとても陽気なんだ」カブトムシはキリギリスの両肩をつかんで言った。「ぼくのは絶望という言葉にも値しない。〈ゼツボウ〉じゃなくて〈ベツボウ〉とか。ぼくはベツボウしてるんだ」

カブトムシはキリギリスの肩から手を離して泣きはじめた。背中からもぎ取って床にたたきつけた甲羅にヒビがはいった。

「なにもかも見せかけなんだ、キリギリス」カブトムシは言った。「この涙も、甲羅を床にたたきつけるのも、触角がポキポキ鳴る音も……」

カブトムシはキリギリスの目のまえで二本の触角をポキポキ鳴らしてみせた。その姿は、痛くて踊っているように見えた。

「見せかけのイタミ……ヘタミだ」カブトムシは嘆いた。

キリギリスは戸棚のなかを見て、ほんものの絶望をもってもどってきた。

カブトムシはその黒いものを見て、たずねた。「これは純粋な絶望？〈あきらめ〉の混ざってない？」

「うん」キリギリスが答えた。「〈あきらめ〉も〈一縷《いちる》の望み〉も混ざっていない、純然たる絶望だよ」

カブトムシは絶望を抱きしめ、輝くような顔でささやいた。「これでぼくはほんとうに絶望してるんだ。いまこそ、生きるのは絶望的だと心から思える」

ちょっとダンスのステップを踏んで、カブトムシは言った。「もう未来に明るい展望は一切ないよ、キリギリス」

「そうだね」これまで一度も絶望を売ったことがなかったキリギリスは、ダンスのステップに驚きつつ言った。

カブトムシは頭を垂れ、それ以上なにも言わずに、絶望を片腕に、壊れた甲羅をもう一方の片腕に抱えて店を出ていった。

キリギリスはカブトムシがカウンターに置いていった〈見せかけの絶望〉を指でそっとつまんで、戸棚のいちばん上の段の奥のほうに仕舞った。

これは売らないでおこう。サーベルタイガーのパーティーで着る金色のジャケットにシミがついていたら、もっていってこう言おう。なんともお恥ずかしい、こんな自分にベツボウだ、と。

33

ある夜のこと、キリギリスはベッドに入ったばかりだった。外は雨嵐が吹きすさび、屋根と壁がみしみし音をたてていた。店内の商品までガタガタ鳴っていた。キリギリスはその日なにかを買っていったどうぶつたちのことを考えた。ハリネズミはブラシ、クマはケーキ、ゾウははしご、コオロギは小さな木の笛。

よくなにかを買うどうぶつたちのことを考えた。毎日なにかを買うものたちもいたが、ぜったいになにも買わないどうぶつたちもいた。

なぜ、ぜったいになにも買おうとしないどうぶつたちが存在するのだろう？　考えてみても、キリギリスにはわからなかった。

もしかしたらぼくに怒っているのかもしれない、とキリギリスは思った。そのどうぶつたちに、ぼくがなにかしでかしたのかもしれない。

キリギリスは身震いして、頭から毛布をかぶった。なにかをしでかした、というのはとてもひどいことのように思われた。

ぎゅっと目を閉じると、キリギリスはどこか遠くで風に吹かれて立ち、さけんでいるどうぶつを想像してみた。

「キリギリス！　よくもやってくれたな！　今度はこっちの番だ！」そのどうぶつは、なにかを買うためではなくキリギリスに仕返しするために、店に向かっていた。

真夜中のことだった。

外にはだれもいなかった。

見知らぬどうぶつはしだいに近づいていた。

キリギリスはベッドから跳び起きたかったが、動けなかった。からだの上に石がたくさんのっているからだ。

「ああ、あそこがキリギリスの店だな……さてと、なにをしてやろうか……火をつけるのがよさそうだな……」

キリギリスはさけびたくなった。「なんで!?」「ぼくがあなたになにをしたと言うんです!?」「あなたはだれなんですか!?」そして、「なんでも好きなものをどうぞ！　ぜんぶもってっていいです！　新しいコートはどうですか？　十着でも、百着でも。どうかそれをもってお引き取りください！」と。でも喉の上に石がのっていて、口のなかにも石が詰まっていた。

「そうだな、火をつけるのがいいや……ついでに手も温められるしな……ふーっ、なんて寒いんだ……」

嵐はますます強まり、稲妻と雷鳴の間隔がしだいに短くなってきた。

「おい、犯罪者よ、不品行な虐待者め！」見知らぬどうぶつが外でさけんでいた。

そこでキリギリスはガバッと跳ねおきた。からだの上にのっていた石はあちこちに飛びちり、口のなかの石も吐きだした。

キリギリスは店に駆けこんだ。

だれもいなかった。

雨嵐もおさまって、月光がショーウィンドウの窓から穏やかに射しこみ、店内の商品——帽子、コート、手袋、リボン、ほうき——を照らしていた。

キリギリスは深呼吸し、カウンターにもたれた。

だれもいない、とキリギリスは思い、頭をふった。

でも、だれかが来たとしてもおかしくはなかった、とキリギリスは考えた。ぜったいにないとは言えないだろう。だれかがぼくの店に火をつけていたかもしれない。ぼくもきっとなにがしかの悪い行ないをしてきたにちがいないから。

キリギリスはベッドにもどり、毛布の下にもぐりこんだ。

外ではまた風が強まり、雨が降りはじめたが、火をつけるためにキリギリスの家に向かっているものは、もういなかった。キリギリスは眠りに落ちた。

34

ゾウがキリギリスの店に入ってきた。あちこちタンコブと擦り傷だらけで、ゾウは暗い表情でキリギリスを見つめた。

「今日はもう五本の木にのぼったんだ」ゾウは言った。「ナラとシナノキ、ブナ、カエデ、ポプラ」ゾウは後頭部をさすった。「これ以上、のぼれないよ」

「ちょっとすわったら？」キリギリスが訊いた。

「うん」ゾウが答えた。

キリギリスはゾウのまえに椅子を置いて、傷に包帯を巻き、さっと大きなポットいっぱいのお茶を淹れた。

しばらくして、ゾウはお茶をすすって言った。「〈嫌気〉も売ってる？　キリギリス。のぼることへの〈嫌気〉」

店の奥にほとんど、あるいはまったく売れない商品を入れた戸棚があって、〈失望〉〈後悔〉〈嫉妬〉〈痛み〉〈恩知らず〉などが入っていた。

キリギリスはその戸棚から〈嫌気〉を取り出し、ゾウに見せた。

それを見たゾウはたずねた。「これはのぼれないことへの嫌気？　ほかのことへの嫌気じゃないね？　ダンスとか」

「そうだよ」キリギリスは答えた。「のぼることだけだ」これまでに売ったことのある嫌気は、ケーキへの嫌気だけで、それはぜんぜんちがうかたちをしていた。

お茶を五杯飲んだあとにゾウは店を出た。鼻で嫌気をもって。

キリギリスはゾウを見ていた。

ゾウは店の向かいにあるニレの下に立ちつくし、上を見上げていた。キリギリスはゾウがこう言うのを聞いた。「のぼる？　これに？　ぜったいにいやだね！」それでもゾウは立ちつくし、ためらっているように見えた。

困ってるな、とキリギリスは思った。もっとたくさんの嫌気を売るほうがよかったのかもしれない。あるいは嫌悪のほうがよかったかもしれない。なぜ、のぼることへの嫌悪を売らなかったのだろう？

ニレの下の草の上で、ゾウがやる気なさそうにダンスのステップを踏んでたおれ、立ち上がって咳ばらいをして、歩いていくのをキリギリスは見ていた。

気持ちのいい日で、ゾウはその日はもう、どの木にものぼらなかった。

夕方、店にもどってきたゾウはカウンターに嫌気を置いた。

「クッションも売ってる？」ゾウはたずねた。

キリギリスはうなずき、戸棚から大きくて柔らかいクッションを出して、ゾウに渡した。

「これを木の下の地面に置くよ」ゾウは言った。「やっぱりぼくは、のぼらないわけにはいかないから！」ゾウは真剣なまなざしでキリギリスを見つめた。「嫌気がさそうが、さすまいが、そこは変わらない」

キリギリスは黙っていた。

ゾウはため息をついて、クッションがほんとうに柔らかいか確かめるために、何度か頭をぶつけてみた。

「〈せずにはいられない〉によく効くものがあるんだよ」キリギリスは言った。

だがゾウは首を横にふった。

ゾウはカウンターの上にぶらさがるランプを見て、眉間にしわをよせた。「このクッションをランプの下に置いたら、ちょっとぶらさがって揺れてもいいかな？　キリギリス」ゾウがたずねた。「もうずっとランプにぶらさがってないんだ。このクッションさえあれば、危なくないよね？」

キリギリスが黙っていると、ゾウはしばらくしてカウンターの上のランプにゆらゆらぶらさがった。

「ぶらさがって揺れるの、最高に気持ちいいよ、キリギリス！」ゾウはさけんだ。

そこでゾウは天井からランプともどもクッションの上に落ちた。

ランプは粉々に砕けてしまったが、ゾウはこうさけんだ。「タンコブができてない！　なんてすばらしいクッションなんだ！　キリギリス。これをもらうよ！　まさしくぼくが必要としていたものだ！」

ゾウはクッションを鼻でもち、踊り出しそうなほど陽気に店を出た。

キリギリスはランプの破片を掃き集めた。

これも仕事の一部だ、と思いながら。

それに、在庫にたくさんランプがあったので、すぐに新しい鉄製のランプを天井につけた。

店をやってるとは、なんとしあわせなことだろう！　とキリギリスは思った。それからドアに鍵をかけ、店の奥の部屋に行って食事をした。

35

サイとカバがほぼ同時に、キリギリスの店に入ってきた。

キリギリスはカウンターの奥で、テンが買った小さなハサミを包んでいるところだった。

「はいどうぞ、テン」キリギリスは言った。

「ありがとう、キリギリス」テンはハサミをもって店を出た。

「おつぎのお客さまは？」キリギリスはたずねた。

「ぼくだよ」サイが言った。

「いいや、ぼくだ」カバが言った。

「ちがうよ、ぼくだ。ぼくのほうが順番が先だ」

「でも、ぼくが最初に店に入ったんだ」

「ぼくはだいぶまえから、ショーウィンドウのまえでなかを見ていた」

「ショーウィンドウのまえ、ショーウィンドウのまえって……それがどうした？　ぼくはけさ早くから、もうなにか買おうと思ってたんだ」

「こっちはきのうからだよ。きのうの朝すごい早く、起きた瞬間からだ」

「こっちはおとついからだった」

「おとつい……おとついがいつなのかも知らないくせに」

「知ってるよ！」

「知ってるなら、いつなのか言ってみろよ！」

　カバはしばらく考えてからこう言った。「ぼくは去年、誕生日のまえからすでに、今日なにか買いにこようと計画してたんだ」

「なにを買おうと計画してたんだ？」

「去年はすごい昔だ。そんなことを覚えていられるわけがないだろう？」

「ぼくはもっとずっとまえから買うつもりだった」

「ぼくはキミがまだ存在さえしていなかったときから、買うつもりだった」

「ほんとかよ？　キミだってまだ存在してなかったじゃないか」

「そうだよ。でも買いたかった。ぼくの意思はぼくより早く存在してたんだ。まだなにも存在していなかったとき、世界全体も、太陽も存在していなかったときに、ぼくの意思はすでに宙に浮かんでいたんだ。まだ真っ暗で寒くて静かだったけど、今日、キリギリスの店でなにかを買いたいというぼくの意思は、すでに漂ってたんだよ」

　しばらく静まり返っていた。

　そこでサイが言った。「お茶でも飲みにいこうか？」

「どこに？」

「ぼくの家」

「お茶うけもある？」

「ショウガの混ざった干し草」

「いいね」

　サイとカバは連れだって店を出て、森に入っていった。

　サイがたずねる声がキリギリスの耳に届いた。「タンゴ、踊れる？　カバ」

「踊れるよ」

「じゃあ、あとでタンゴを踊ろうよ」

「そうしよう」

「ぼくがリードするよ」

キリギリスにはそこまでしか聴こえなかった。

タンゴか、とキリギリスは思った。タンゴはまだ踊ったことがなかった。いまが冬でとても寒く、だれかひとりだけお客がいればいいのに。なにも買いたいわけではなく、自分と踊ってくれるだれか。まずはワルツを、それからタンゴを。

36

ある朝、キリンがツノにかぶせる黄土色のカバーを一組、買って店を出た直後に、カウンターから鈍い音が聴こえてきた。

しばらくすると、キクイムシが頭を突き出した。

「ここはどこ？」キクイムシがたずねた。

「ぼくの店です」キリギリスは答えた。

「なんで来たのかな？」

「なにか買いにきたのでは？」

「買う？　なにを？」

「さあ、なんでしょう。なんでもそろってますよ」

キクイムシは店内を見まわしたが、自分が買いたいようなものはなにも見当たらなかった。

「逆に、ぼくがなにかを売ることもできる？」キクイムシはたずねた。

「なにを？」

「木屑」

　キリギリスがまだ考えているうちに、キクイムシはもう相当な量の木屑を、カウンターの台に掘った穴から引きあげていた。それをキリギリスのほうに吹いてよこし、こんなに陽気な気分になったのは久しぶりだ、と言った。もう少しこの陽気な気分をじっくり味わえるように、お茶を淹れてほしい、とキリギリスにたのんだ。

　キリギリスとキクイムシはお茶を飲みながら、掘ることと売ること、両者の共通点について話した。

　それからキクイムシは店の壁の幅木のなかに姿を消した。

しばらくすると、天井からキクイムシのたてる音が聴こえてきて、二枚の板が落ちてきた。

「なんて薄い板なんだ」キクイムシがブツブツ言っていた。

キリギリスはカウンターの穴を塞ぎ、カップを片づけ、木屑を掃き集めて大きなビンに入れた。そのビンはほこり入りのビンの後ろの、錆入りのビンとぬかるみ入りのビンのあいだに置いた。どれも何年も売れていなかった。天井の穴はまたあとで塞ぐことにした。

37

キリギリスは店の鍵を閉め、窓にボードをぶらさげた。店を閉めるが、すぐにまた開ける、と。まだ朝早かった。

ひとりでいたい、とキリギリスは思った。商品を見てまわって、いろいろ手に取り、触角で触れ、匂いを嗅いで、またもとのところにもどしたい。心臓がドキドキするのを感じたかった。なにも必要としていないけれど、なにか必要としていると思いたい。なにかとてもだいじなもの、ぼくの生きかたに決定的な方向転換をあたえてくれるものを。

キリギリスは店の真ん中に立ちつくしていた。

決定的な方向転換……キリギリスは考えた。十回もその言葉を自分にむかって繰り返していると、自分の〈生きざま〉が目のまえに見えてきた。生きざまは黒いコートを着て、長くてほこりっぽい道を歩いていた。だが、生きざまはとつぜん曲がり、野原に駆けだした。

そこには道がなく、だれも住んでいなくて、なにもなかった。

生きざまは走って走って走りつづけた。ぼくの生きざまが行ってしまう、とキリギリスは思った。「さよなら、ぼくの生きざま！」キリギリスはさけんだが、生きざまは振り返らなかった。まるでだれかが生きざまを追いかけているようだったが、だれもそこにはいなかった。

これがつまり決定的な方向転換か……キリギリスがそう考えて、頭をふると、生きざまはふたたび黒いコートを着てもとの道を歩いていた。長くてほこりっぽい道には終わりがないように思われた。

キリギリスはため息をついて、まわりを見まわした。商品のなかから帽子を手に取り、かぶってみた。杖をつかむと、宙に振りかざした。

とつぜん、理由もわからず、キリギリスはカウンターに跳びのっていた。真っ赤なコート、青い帽子といういでたちで、ローズウッドの杖の先でまわりを指しながら。

「ぼくはなんでももってるんだ！」キリギリスはさけんだ。「聞こえますか？　ほんとうになんでも！」

キリギリスは三度、かかとを軸にターンした。

それからカウンターを飛びおりて、いつもの仕事着を着た。青い帽子は青い帽子のところに、ローズウッドの杖は木の杖のところにもどした。窓のところのボードをはずして、店の鍵をあけ、その日最初の客を招き入れた。

「こんにちは、サイ」キリギリスは言った。

「こんにちは、キリギリス」サイも言った。

38

クマは店の真ん中に立ち、咳ばらいをしてからキリギリスにたずねた。なくならないケーキも売っているか、と。

「それがケーキのいやなところなんだよ、キリギリス」クマは言った。「しばらくするとほとんどなくなっちゃうところが。そのずっとまえからそうなることはわかってる。あとたったの一口、しか食べられない。まだくちびるをちょっと舐めることはできても、そのあとは完全になくなってしまう。それがすごくいやなんだ。そうなると、いつも孤独を感じてしまう。まるでだれかがぼくを見捨てて、二度とぼくから連絡してほしくないみたいに」

クマのひたいにシワが寄った。「それがケーキの悪い面だ」

キリギリスはほほ笑んで言った。「もちろんだとも」キリギリスはその言葉が好きでよく使った。だれかが、自分の買いたいものが店にぜったいにないだろう、と確信しているときに。「もちろんだとも、クマ。そういうケーキも売ってるよ」

キリギリスは店の奥のキッチンに行き、かなり小さな白いケーキをもってもどってきた。

「はい、どうぞ」キリギリスは言った。

クマは目を大きく見開いてケーキを見つめ、両手でつかんだ。なにかぶつぶつつぶやいて、店を飛びだした。

家にもどってから食べようと思っていたのだが、店のまえでがまんできずにかぶりついてしまった。

巨大な一口となった。ケーキはケーキだ、とクマは思った。

それは甘いケーキだった。いままで食べたなかでいちばんおいしいケーキとは言えないものの、まずまずの味だった。

飲みくだすと、ケーキが小さくなっていないことに気がついた。

もう一口、またもう一口と食べながら、家に向かって歩いていった。ケーキはなくならなかった。

これだ！　クマは思った。これこそ望んでいたケーキだ。

だがクマは家までたどり着けなかった。森の真ん中で、百口以上食べたあと、クマはたおれてしまった。両手でケーキをもったまま。

どうぶつたちは夜遅く、その状態でクマを発見した。

みんなでクマをかついで、家まで連れていき、ベッドに寝かせた。

ケーキはどうぶつたちが川に投げ捨て、流れていくのを見送った。海がケーキをどうにかしてくれるだろう。

「気の毒なクマ」どうぶつたちはそう言って、なぜクマはケーキには運がないのだろう、と思った。

39

翌日、クマはまたキリギリスの店を訪れた。

クマは混乱しているように見えた。

おなかはまだふくれていた。皮膚はくすみ、ブツブツだらけで、目は輝きを失っていた。

キリギリスはやさしく声をかけた。

「こんにちは、クマ」

「こんにちは、キリギリス」その声はしゃがれていた。

しばらくクマは黙って立っていた。

それからキリギリスに、またべつの種類のケーキがあるか、たずねた。「どういう名前かはわからないんだけどね、キリギリス。アンチケーキ……反抗的で、敵対心をもったケーキ……」

「もちろんだとも」キリギリスは意気揚々とうなずいた。「そういうケーキも売ってるよ」

キリギリスは戸棚からケーキを出してきて、クマに渡した。

それは大きなピンク色のケーキで、とてもおいしそうに見えた。だが、クマが手に取ると、まるでなかに鉄のバネが入っていて、その瞬間を待ちかまえていたかのように、すごい力でクマの顔の真ん中にぶち当たり、口と鼻の穴に押し入った。

味と匂いはひどいものだった。

ケーキはクマにしがみついて、吐き出したりくしゃみをしたりするのを許さなかった。

クマはケーキと格闘しながら、つまずき、転び、また立ち上がり、うめきながら店から出ていった。

どうぶつたちはその姿を心配そうに見送った。

キリギリスのほうは肩をすくめて思った。明日、またクマが訪ねてきて、今度はふつうのケーキをほしがるだろう、と。

「お店にあるいちばんふつうのケーキだよ、キリギリス。もちろん、ハチミツのたっぷり入ってるやつね」

そうしたら、店の鍵を閉めてお茶を淹れて、クマと店の奥のソファにすわろう。いっしょにお茶を飲み、ハチミツがたくさん入ったケーキを食べるのだ。

クマはきっとよろこびで鼻うたを歌うだろう。

40

ホタルが光を買いにきた。ふつうの光ではない。目が眩むような光だ。

「一度、みんながぼくのことを崇拝するように」ホタルは言った。

キリギリスはなにも言わずにホタルを見つめていた。

「後ずさりするのでもいい」ホタルは言った。「あるいは目をふせるだけでも。ぼくがなにかの陰からあらわれて、光を灯すだけでね」

キリギリスはうなずいて、ホタルが探していた光を売った。

その夜、森は目が眩むような光で照らされ、外にいたどうぶつたちはみな両手で目を覆った。モグラとミミズは地中の家の地下室にこもり、フクロウとコウモリは外出を控えた。寝ようとしていたどうぶつたちは、毛布の下にもぐって頭を脚のあいだに隠した。

「あの光、あれはぼくなんだ！」ホタルがさけんでいた。

だがその声はいつもどおり弱々しかったので、だれの耳にも届かなかった。

明日、またキリギリスの店に行こう、とホタルは考えた。光りながら。そして、耳をつんざくような音を買うのだ。そうしたら、みんなに真実を告げよう。ふつうの真実ではなく、ほんものの真実だ。みんなを圧倒してやろう。ぼくに比べたら、雷なんてちっぽけなものだ！

買った光が消えてなくなりそうになったころ、ホタルは思った。ああ、一度でいいからだれかに慄《おのの》いてもらいたい……ほんとうにぼくを畏《おそ》れて。

灌木の茂みにある家で、ホタルはため息をつき、眠ることにした。ちょうどそのころ、月が雲の裏から這いだして、世界を照らした。だれも畏れることのない、静かな青白い光で。

41

夜、眠れないとき、キリギリスはベッドで体をおこして、まだこれから売りたいもののリストを作った。たとえば、こんなもの——

白昼夢

水銀
予感
新たな見解
思考の飛躍
雨氷
粉雪
オドリコソウのピクルス
ほくそ笑み
絹のカーテン
ヤナギ茶
会話のテーマ
将来への期待
ショルダーボタンのついたパフスリーブのコート
風がなくても勝手にはためくコート
冒険

キリギリスはよくそのリストを見返して、もう売れたものには線を引いた。

最終的にはすべてを売りたいと思っていた。森も、地球も、天も、世界全体も。

ぼく自身でさえも、と一度、夜中に考えたことがあった。

闇に包まれ、目をこらしても天井が見えなかったとき、ふと思ったのだ。自分自身をあげてしまえばいいかもしれない、と。だれでもいいから、あるとき、ただなんとなく、プレゼントとして。はい、これをキミにあげる。わあ、ありがとう。やさしいね。でもこれはなに？　ぼくだよ。

そこでキリギリスは眠りに落ちた。

42

冷え冷えする秋の午後、コメツキムシがキリギリスの店に入ってきた。

「こんにちは、キリギリス」コメツキムシは言った。

「こんにちは、コメツキムシ」キリギリスは言った。

コメツキムシはしばらく立ちつくし、まわりを見まわして眉間にしわをよせた。

「なんでも売ってるんだね、キリギリス」コメツキムシは言った。

「うん」キリギリスは言った。「太陽と月と星以外はね」

「あのカウンターも売ってるんだね？」

「うん、そうだな……」

「じゃあ、あれをもらうよ。それからあの窓二つも、あとショーウィンドウも」

キリギリスは黙っていた。

「いや、こうしよう」コメツキムシが言った。「店全体をもらうよ。そのほうが簡単だ」

キリギリスはまだ黙っていた。店全体を売っているかどうかは、まだ一度も考えてみたことがなかった。

「その、キミが着ているコートももらうよ」コメツキムシは言った。

「コートならたくさん売ってるんだよ」キリギリスは跳びあがって、何百着ものコートが入っている戸棚を開けた。

「いや、ぼくがほしいのはキミが着ているコートだ」

コメツキムシは一歩まえに出て、キリギリスの古い緑色の仕事着の袖をちょっとこすってみた。

そのとき、サイが店に入ってきた。新しい帽子を買いにきたのだ。

「ちょっと手伝ってもらえますか？」コメツキムシがサイに声をかけた。

「もちろんですとも」サイは言った。「なにをしましょうか？」

しばらくすると、サイはキリギリスとともに店全体を持ちあげ、コメツキムシにかつがせた。

キリギリスの仕事着は店の上にのせた。

「さよなら、キリギリス」コメツキムシはうめきながら言った。

「さよなら、コメツキムシ」キリギリスは言った。「ありがとう」

キリギリスは青白い顔をして、コートなしで地面にすわった。

サイは森にもどっていった。当分はいままでどおり古い帽子をかぶることにしよう、いずれにしてもそれほど寒くもないから、とつぶやきながら。

コメツキムシは数歩進んだところで、膝からがくりと崩れ落ちた。

店が背中をすべって地面に落ちた。

「無理だ」コメツキムシは言った。

「うん」キリギリスは言った。

コメツキムシはあえぎ、キリギリスは仕事着を取って着た。「寒かった」と言って。

それから店に入り、分厚い黒のコートを戸棚から出して、それをコメツキムシに渡した。

「はい」キリギリスは言った。「これを着て。ぼくのよりずっとあったかいよ」

コメツキムシはコートを着て、しばらく立ちつくしていた。なにか言いたげだったが、結局なにも言わずに、新しいコートに包まれて森に入っていった。

店がなくならなくてよかった、とキリギリスは思った。しだいに寒さが増し、雨まで降ってきたので、店のなかに入った。

43

ムカデ（オランダ語では〈duizendpoot 千の足〉）は新しい靴がほしかった。

キリギリスはムカデがさいしょの一足を履くのを手伝った。かかとが少しだけ高いライトブルーの靴だ。だがその色は黄色のコートに合わないとムカデは思い、かかとのない紺の靴を出してもらった。履いてみると、やっぱりいちばんまえの、みんなが最初に見る足には、赤い靴がいいなと思った。

一日の半分がすぎたころには二足の靴を選び、午後の終わりに三足目が決まった。

なにか買いたいほかのどうぶつたちは自分たちの順番を待っていた。

その夜、ムカデはキリギリスのところに泊まった。翌朝、すぐに靴選びを再開できるように。

一週間後には八十八足の靴が決まった。

「順調に進んでるね、キリギリス」八十九番目の足には藤色に輝くオーバーシューズを履こうかと考えながら、ムカデが言った。

外では順番を待つどうぶつたちが小さな家をいくつも建てて、先にそれぞれの誕生日を祝っていた。

百四十九足目の靴を選んでいるときに冬になり、三百十一足目で春が訪れた。

どうぶつたちはなにが買いたかったのか忘れてしまったが、それでも待ちつづけていた。

だれもがキリギリスの店のまわりに集まっていた。クジラやカワカマスのように、陸にはあがらないどうぶつたちは、ヤナギのたもとを流れる川の葦のあいだで待っていた。ときおり顔を出しては、ムカデの靴選びがどこまで進んだか、たずねた。

するとカモメがキリギリスの店まで飛んでいって窓からなかをのぞき、新しい靴を履いたムカデの足を数えて川にもどると、教えてやった。

「四百五十五足目だよ！」とか「五百七十三足目！」などと。それを聞いたクジラとカワカマス、そのほかの水中で暮らすどうぶつたちは、またお茶を飲むか、なにかべつの楽しいことをすることにした。

44

ミーアキャットはキリギリスの店のショーウィンドウを見て、首をふった。

「いや、これは必要ない」ミーアキャットはつぶやいた。「それにこれも必要ないし、あれなんかぜったいにいらない」

しばらくすると店のなかに入り、まわりを見まわして、また首をふった。

「なにか探してるの？」キリギリスがたずねた。「なにかとくべつなもの？」

「いや」ミーアキャットは言った。「それが問題なんだ。どれだけ考えても、探してるものがなにもないっていうことが」

キリギリスはうなずいた。

「こんなのひどすぎる」ミーアキャットが言った。「ぼくだってなにかを探したい。なにかを買いたくなりたいんだ」

ミーアキャットは引き出しを開けたり、いちばん上の棚を見るためにはしごにのぼったりしたが、そのたびに首をふりつづけた。

「ぼくは〈ほしい〉がほしい！」ミーアキャットはけたたましい声でわめきたてた。「なにもほしくないのはいやだ！　それなのに、なにもほしくないんだ」

　キリギリスは手助けしようと、もしかしてミーアキャットがほしいかもしれないもの、必要でさえあるかもしれないものを、すべて挙げてみた。櫛、皿、ブラシ、ちりとり、屋根、コート、長靴下、毛布、ケーキ……。

「もういいよ、キリギリス」しばらくしてミーアキャットがキリギリスを止めた。「ぜんぶ、ぼくも考えてみたものばかりだから。どれもほしいとは思えなかった」

　キリギリスは黙った。

　ミーアキャットはもう帰ると言った。お茶一杯や、励ましの言葉さえ、ほしくはなかった。

「『さよなら、ミーアキャット』って言わないで」とまで、外に出ながら言った。

「わかったよ」キリギリスは言った。

　キリギリスはミーアキャットが木々のあいだに消えていくのを見送った。

　それからしばらくドアのところに立ちつくして、〈ほしい〉と〈ほしくない〉について考えていた。そのふたつのあいだに川が流れていたとしたら――キリギリスは想像してみた。〈ほしい〉から〈ほしくない〉に移りたくて、助走をして跳んだはいいが、川の真ん中で川幅が広すぎ、激

流だと気づく……。

キリギリスはそれ以上は考えなかった。黒い帽子をかぶったネズミがやってくるのが見えたからだ。ネズミは遠くから、早急に新しい帽子が必要だ、とさけんでいた。「赤い帽子だよ！　羽根のついたやつ！」

キリギリスは店のなかにもどって、ネズミが来るまえに、羽根のついた赤い帽子をいくつか出しておいた。

45

ミミズは雨が買いたかった。自分の誕生日パーティーのためだ。

「どんな雨がいいの？　ミミズ」キリギリスがたずねた。

「たくさんの雨」ミミズはしばらく考えてつけ足した。「ちょっとたたきつけるような感じの雨があれば」

「たくさんの、ちょっとたたきつけるような雨……」キリギリスはつぶやいた。「探してくるね」

キリギリスは店の横の納屋に行った。そこに百種類もの雨が置いてあるのだ。ミミズが望むような雨をもって、キリギリスはもどってきた。

慎重にラッピングして、包みをミミズに渡した。

ミミズはうなずき、なにも言わずにできるだけ速く店を出た。

翌日がミミズの誕生日だった。

朝早く、ミミズは包みを開けた。

その日、森とそのまわりの広い一帯でどしゃぶりになった。

風が吹きすさび、木々や外にいたどうぶつたちの背中に、雨がたたきつけた。

ミミズは家のまえの泥のなかにすわって、何度も自分におめでとうと言った。

「こんにちは、ミミズ、お誕生日おめでとう」

「ありがとう、ミミズ、ありがとう。なんてすばらしい日なんだ！」

だれも訪ねてこなかったが、もともとだれかが来るとは思っていなかった。

ミミズの焼いた、必要のなかったケーキは流され、午後の半ばには渦を巻いた濁流がミミズを飲みこんだ。

なんていう誕生日だ！　森のはずれのどこかでぬかるみに打ち上げられたミミズは、まだたたきつける雨音を聴き、雨に打たれながら思った。

夜になろうというときに、ようやく雨は止んだ。

ミミズはぬかるみから抜け出して、家への道を探した。

びしょぬれで疲れていたが、満足していた。

家にもどると、ふやけてドアにひっついていたケーキを食べた。もしかしたら留守中、やはりだれかが訪ねてきたんじゃないか、と思いながら。

来年は霧雨を買うほうがいいかもしれない。あるいはにわか雨。すぐ止む小さなもの。

そこでミミズは泥にもぐり、目を閉じた。

46

サイはキリギリスの店で翼を二枚買い、森の空き地に行って装着した。

助走をして飛びたち、慎重に羽ばたいて木々のあいだを縫って飛んだ。

いまぼくは飛んでるというわけだ、とサイは考えた。飛ぶことを自分が楽しんでいるかはわからなかったが、興味深くはあった。興味深くはあるということだな、とサイは思った。

しばらく飛ぶと、こう書かれた看板のところまで来た――。

墜落危険

だが羽ばたくたびに翼に目を覆われて、看板はサイの目に触れなかった。もし見ていたら、引き返すか、べつの方角に飛んでいくかしたはずだ。

サイは墜落し、長いあいだ、横たわっていた。

それから立ち上がって、サイは思った。まあ、だれだってときには墜落するさ、そんなたいしたことではない、と。

ツノと両ひざが脱臼していた。

サイはよろめきながらキリギリスの店にもどり、折れた二枚の翼をカウンターに置いた。「まだだれかが使えるかもしれない」サイは言った。「とにかく、ぼくはもういいよ」

サイは踵を返してよろよろと外に出て、木々のあいだに消えていった。

47

一日じゅう、だれもお客が来なかったある日の夕方、キリギリスは屋根にのぼり、あたりを見渡してさけんだ。「だれか、まだなんか必要としてない?!」

だれの姿も見えなかったが、答えが聴こえてきた。「してないよ!」

キリギリスはその声に聞き覚えがなかったが、「ほんとうに?!」とさけびかえした。

返事は来なかった。みんな、考えているのだろう、とキリギリスは思った。ほんとうになにもかもそろっているか、見ているのだろう。

キリギリスは屋根にすわった。

よく晴れた日で、空には小さな白い雲がいくつか、つながるように浮かんでいた。花の咲く木はみな花盛りだった。

店を閉めて旅に出るべきかもしれない、とキリギリスは考えた。〈ほんとう〉と〈ほんとうでない〉のちがいがないどこかへ。キリギリスは耳のうしろをかいた。あるいは〈すべてある〉と

〈なにもない〉、または〈同じ〉と〈異なる〉、〈誕生日である〉と〈誕生日でない〉、〈奇妙な〉と〈自明の〉、〈いますぐやめろ！〉と〈やめられない〉のちがいがないところでもいい。

まるで頭のなかでなにかがきしんでいるような感じがした。なにかが開きたいのに、開けないようだった。

そのとき、あらゆる方角から鋭く大きな声で「うん！」と聴こえてきた。

キリギリスはがばりと立ち上がってさけんだ。「なにが、うんなの!?」

「だれもほんとうになにも必要としていないってこと！」

「そう！」キリギリスはさけんだ。

屋根からおりたキリギリスは店のまえの草の上にすわった。〈なにかを必要とする〉と〈なにも必要としない〉について考えながら。その両者のちがいについても。

ぼくはけっしてなにも必要としない、とキリギリスは思った。いつか自分が必要とする可能性のあるものを、思いつくことができなかった。

だがとつぜん、頭のなかに一杯のお茶が浮かんできた。

あら、とキリギリスは思った。ぼくにも必要なものはある、というわけだ。

そこでキリギリスはなかにはいり、お茶を淹れた。

48

ラクダはキリギリスにドアを注文した。

ラクダからの手紙には、自分が砂漠に住んでいて、なにももっていない——壁も床も屋根も窓も、そしてもちろんドアももっていない、と書かれていた。だれでも勝手に自分の家に入ってこられるのだ、と。

一度だけ、実際にそうなったことがある。ずっと昔のことだ。とつぜん、シロアリがラクダに近寄ってきたそうだ。

おたがいに不審げに見て、なんと言えばいいのかわからずにいた。

シロアリは去っていったが、そのときラクダは思ったのだ。こんなこと、もう二度といやだ、と。

その後、二年ほど待ってみた。もしかしたら空からドアが降ってくるかもしれない。そういうことがないとは言えない。だが結局、ドアは降ってはこなかった。

ほかの訪問者はその後はいなかった。でもそれはなんの保証にもならない。気をつけていないと、だれでもとつぜん目のまえにあらわれ、勝手に出たり入ったりするかもしれない——手紙にはそう書いてあった。
ラクダがほしいのは分厚いドアで、こう書かれた看板がぶらさがっている。

３３７回ノックして、それでもまだ入らないこと

キリギリスはラクダに、看板のついた分厚いドアを送った。その後、ラクダからは二度となにも言ってこなかった。

49

書記官鳥（ヘビクイワシの別名）はキリギリスに手紙を書いて、新しい句読点を買いたいと知らせてきた。

永遠に変わらない〈、〉や〈。〉で手紙を穢《けが》す――そう表現していた――のは、もううんざりなのだそうだ。〈？〉は頭痛の種で（片頭痛よりひどいそう）、〈！〉ときたら……。

「ぼくは〈！〉を忌みきらいます！」と書かれていた。「〈！〉の確実なる滅亡を祈る！　それでも、手紙を書くたびに使ってしまうのです！」

手紙を読んだキリギリスはうなずいて、ちょうど入荷したところだった新しい句読点を小包にまとめて、ショキカンチョウに送った。

なかにはこんなものが入っていた。

・ひっかき点（文がまだまだ終わっていないことを示す）
・まる点（読者にちょっとべつのことを考えるよう、示す）
・まちがい点（まえの文がまちがいであったことを示す、墨消しあるいは消去の必要を省く）
・ほがらか点（〈ここで笑う〉ことを示す、ダブルほがらか点は〈腹がよじれるほど笑う〉）

詳しい説明のない句読点も入っていて、ショキカンチョウが好きに使えるようになっていた。

数日後、キリギリスはショキカンチョウからの手紙を受け取った。

親愛なるキリギリス
ありがとう
まだうまく使いこなせません

ショキカンチョウ

50

キリギリスは病気だった。

頭と腹、背中、ほかにもいろんなところが痛んだ。

店の椅子でぐったりしていた。

だれかがなにかを買おうと入ってくると、「自分で取って」と言った。

言われたどうぶつは必要なものを取って、ほがらかに店を出ていった。

時間が経つにつれてますます具合が悪くなり、痛みもひどくなった。「自分で取って」と言うことさえできなくなって、なにもかもが置かれているほうを指さすばかりだった。

どうぶつたちはそれでもかまわなかった。勝手に引き出しを開け、棚のいちばん上の段を見るためにたがいに肩車しあって、自分たちが必要なものを取った。

店はますます混んできて、キリギリスは椅子から床にすべり落ちた。これほどひどい病気ははじめてで、こんなに多くのところが同時に、これほど激しく痛んだことはなかった。

どこになにがあるか、指さすこともできなくなったが、どうぶつたちはそれも気にせず、たがいに教えあった。

「緑色のコートは？」

「たしか、あの戸棚だよ」

「青いコートは？」

「そのとなりの戸棚だったと思う」

みんなキリギリスを跨《また》いで通り、ほしいものをかならず見つけた。キリギリスがじゃまになると、横のほうに転がした。キリギリスにつまずいて脚の骨を折らないように。

夕方には店じゅうが客でぎっしり埋まった。その日に集中して、みんななにかを買いたかったのだ。

もはや床にキリギリスが転がっているスペースはなかった。どうぶつたちはキリギリスを拾いあげて、引き出しにしまった。胸にメモ用紙をピンで留めておいた。〈病気のどうぶつ。非売品〉。

その引き出しを開けてキリギリスを見つけ、買おうかどうか考えたどうぶつたちは、メモを読んでうなずき、引き出しを閉めた。

夜になり、さいごに残っていた客たちが店を出ると、キリギリスは意識を失った。うわごとで「さあ買った、買った！」とさけんでいた。

リスだけが店に残っていた。リスはなにも必要としていなかったが、午後、店のまえを偶然、通りかかり、キリギリスとおしゃべりしたくて寄ったのだ。

リスは引き出しを開けて慎重にキリギリスを抱きあげ、店の奥の部屋に連れていった。ベッドに寝かせて、自分は横にあった椅子にすわった。キリギリスが「さあ買った、買った！」とさけぶたびに、「寝てて大丈夫だよ」と声をかけ、熱でほてるひたいに濡れたタオルを押しあてた。

何時間も、リスはそうしてすわっていた。

真夜中にキリギリスは目を開け、リスのことを見た。

「やあ、リス」キリギリスはささやいた。

「やあ、キリギリス」リスも言った。

「ぼく、病気なんだね？」

「うん」

キリギリスとリスは見つめあい、もうなにも話さなかった。

明け方、キリギリスがよくなって、どこにも痛みがなくなるまで、リスはずっとそこにいた。
それからリスは家に帰っていった。

51

キリギリスの店に入ってきたコオロギがカウンターの上に跳びのった。何度か、くるりとターンして「わーい！」とさけび、どっと笑いながら言った。「これがね、キリギリス、これがもういやなんだ」

コオロギは後方宙返りをして、話をつづけた。「ぼくはいつでも楽しくて、深刻だったり悲しかったりすることがまったくないんだ」

爆笑して触角をふりながら、コオロギはたずねた。「ぼくにちょっと深刻さを売ってくれないか？」

コオロギは跳びあがって、カウンターの上のランプにぶらさがって揺れながらさけんだ。「ぼくだって、たまには熟考して判断を下したりしたいんだよ。ばんざーい！」

キリギリスはうなずいて、袋にいくらかの深刻さを入れ、コオロギに渡した。

地面に跳びおりたコオロギはさいごにもう一度「わーい！」とさけぶと、鼻を袋のなかに突っこんだ。

顔を上げると、しかめっ面《つら》になっていて、キリギリスを陰気そうな目で見た。

「うまくいかないよ」コオロギは言った。

「そうだね」キリギリスは言った。

コオロギはキリギリスと握手をし、黙って店を出た。

これが深刻さなんだ、とコオロギは考えた。

頭を垂れて、森のなかを歩いた。キリギリスがコオロギに売ったのは、悲痛な深刻さ、鉛のように重たい種類のものだった。

あいさつをしてくるどうぶつたちには、難儀そうに、こくりとうなずき返すのが精いっぱいだった。元気づけようとしてくれるどうぶつたちには、無駄な努力だ、と言った。すべてが無駄な努力であるのとおなじに、と。

そんなことないだろう、と言われたら、日が沈むのがその証拠ではないか、と言った。花が枯れるのもそうだ。

だれもそれに対して答えられないと、コオロギは満足して、でも深刻かつ陰気な気持ちで、ますます森の奥深く、どこでもない場所へと進んでいった。深刻さの効果が切れて、またいつもどおりの陽気なコオロギにもどるまで。

52

「ぼくはいつも大きなものばかり買ってるよね、キリギリス」あるとき、カバが言った。「キミの知ってるとおり」

「そうだね」キリギリスは言った。

「大きな椅子、大きな帽子、大きなベッド……」

「うん」キリギリスがまた言った。

「ぼく自身がかなり大きいから。そう思わない？」

「いやまあ」カバの灰色のからだを見ながら、キリギリスは言った。「〈大きい〉っていうのをどう解釈するかにもよるけど、そんなにひどく大きいわけじゃないよ」

「たしかに」カバは言った。「そうだよな。どう解釈するかにもよるよね。でもとにかく、今日はそれとはぜんぜんちがうものを買うつもりなんだ。小さいもの。なにかすごく小さいもの。ある？」

「見てみるね」キリギリスは小さな紫色の帽子をショーウィンドウからもってきた。カバの耳のあいだにおさまるような小さなものだ。

「すてきな帽子だね、キリギリス」カバは言った。「でも、もうちょっと小さいものがほしいんだ」

キリギリスは小さな棒を見せた。それから糸、ピン、綿毛、砂粒、さいごにほこりを見せた。

カバはカウンターの上の、キリギリスと自分のあいだに置かれたほこりの上に目を近づけて言った。「とても小さいけど……でもやっぱりもっと小さいほうがいい」

キリギリスはナイフを取って、ほこりを真っ二つに切った。片方は吹き飛ばし、もう片方はそのまま置いておいた。

カバはまた屈みこんで、カウンターにくっつきそうなくらい目を近づけた。長いあいだ見つめていると、半分のほこりが見えたような気がした。

からだを起こすと、カバは言った。「うーん、わかんないな……やっぱりもっと小さいのがいいんだけど……」

キリギリスはナイフをしまって言った。「〈無〉を売ることもできるよ、カバ」

「ほんとうに？」カバは目を大きく見開いて言った。

「もちろんだとも」キリギリスは戸棚についた空っぽの引き出しを開けて、なかを指さして言った。「見て、〈無〉だよ」

カバの顔に満面の笑みが浮かんだ。「それにするよ。〈無〉。これ以上小さなものはほかにないから」

「いや」キリギリスは言った。「もっとも小さなものよりも、まだもっと小さいんだよ」

「たしかに！ そうだよね！」カバはさけんで、〈無〉とともに意気揚々と店から出ようとした。

「さよなら、キリギリス」カバは言った。「ありがとう！」

「さよなら、カバ」キリギリスはドアを開けてやった。

53

カブトムシがキリギリスの店に入ってきて言った。「〈死〉がほしいんだけど」

キリギリスはカウンターの奥に立ち、驚いてカブトムシを見つめた。

「〈死〉？」キリギリスは言った。「どんなもの？」

カブトムシはカウンターの上に跳びのり、キリギリスをつかんで揺さぶった。

「〈死〉がほしいんだ！　いますぐに！」

「でも〈死〉ってなんなの？」キリギリスはなんとかカブトムシの手から逃れようともがきながらたずねた。「どんなふうに見える？」

「醜い」

「醜い……醜いものはたくさんあるからな。なにかに似てる？」

「似てない」

「店にあるかわからないよ、カブトムシ。たくさん必要なの？」

黙りこむカブトムシの目に涙があふれてきた。

カウンターから下りてまわりを見まわし、頭をさげると、小さな声で言った。「ごめんね、キリギリス。〈死〉なんてなんでもない。まったく存在しない。ぼくのまちがいだった。ぼくがほしかったのは〈生〉だった」

キリギリスはうなずいた。「それならあるよ。よりどりみどり、いろんなのがそろってる」

だがキリギリスがいくつか〈生〉をもってくるまえに、カブトムシは店から出ていた。

外に立つカブトムシは冴えなく、しょんぼりと肩を落としていた。

途方に暮れてるんだ、とキリギリスは思った。ドアを開けて、お茶を飲んでいかないか、カブトムシに声をかけた。でもカブトムシは森のなかに歩いていってしまった。

遠くからカブトムシがさけぶような、歌うような声が聞こえてきた。「〈死〉がほしい、いや、〈生〉がほしい、いや、〈死〉がほしい……」まるでコートのボタンを数えてどちらにするか決めているようだ、とキリギリスは思った。自分が幸せなのか不幸なのかわからないときに、そうするように。

キリギリスは頭をふった。

店のドアを閉めると、窓に書かれた自分が売っていないもの――〈太陽と月と星以外〉に大きな文字で〈死〉と書き足した。

54

キリギリスは眠れなかった。

窓のカーテンのあいだから射しこみ、ゆっくりとテーブルの上を這ってドアのほうに伸びる月光を見ていた。

店のこと――店で売っているすべてのものについて考え、売っていないものを考えてみようとした。

一方の肘掛けがローズウッド、もう片方が銅で、座面に赤いクロスの貼られた五本脚の椅子。

いや、そういう椅子も売っている、とキリギリスは思った。

あるいは、袖なしの緑色のウールのコート、絹の羽飾りのついた鉄の帽子、甘い朝露、冬の天気、ピンク色のクモの巣……。

思いつくたびに、キリギリスはうなずいて思った。うん、それも売っている、これも売っている、と。

月光がほぼテーブルのすみまで達したころ、キリギリスは自分が悲しい気持ちになっていることに気がついた。なぜなのかはわからなかった。

なぜ悲しい気持ちになるのだろう、とキリギリスは考えた。なんでも売っているというのに！

それとも、なんでも売っていて、いつでもみんなに「うん、売ってるよ！」と言うことこそが、悲しい気持ちの原因なのだろうか？

もしかしたら、ほんとうはなんでも売っていたくないのかもしれない。ときにはなにか、売っていないものがあるほうがいいのかも。

五本脚の椅子？　いや、ハリネズミ、そんな椅子は売ってないんだ。残念だなあ！
赤い襟のついた青い冬のコート？　いや、バイソン、そんなコートはないんだよ。ごめんね。
よし、わかった、とキリギリスは思った。窓にこういう看板を掛けよう。〈豊富な品ぞろえ、ただし取り扱いのない商品もあり〉。そしてどうぶつたちが、なぜもうなんでも売っていないのかたずねたら、こう言おう。「ほんものの店っていうのは、なんでも売ってはいないものだからだよ。じゃなきゃ、ほんものの店にならないからね」

「だったらぼくたち、無駄足だったかもしれないっていうことだね！」

「うん」

　そうしたらどうぶつたちは、ときには目的を果たせずに帰らないといけなくなる。

　これまではだれも目的を果たせずに帰るものはなかった。そういうときには肩をすくめるのだろうか、眉間にしわをよせるのだろうか、とキリギリスは考えた。あるいはその両方かもしれない。

　キリギリスは寝返りを打って横を向いた。月光は雲の陰に隠れ、部屋のなかはまた暗くなった。しばらく、店で売っているすべての五本脚の椅子について考えていた。六本脚の椅子についても。七本脚の椅子、八本脚の椅子、九本脚、百本……そこでキリギリスは眠りに落ちた。
店にはなんでも売っているのだから。ほんとうになんでも——太陽と月と星、死以外は。だれもがそのことを知っていた。

55

親愛なるキリギリス

だれかに会ったとき、ぼくはいつもこう言います。

「こんにちは、なにがし、元気かい？」

すると、なにがしは元気にしていると言い、ぼくのほうはどうしているかとなにがしがたずね、ぼくも元気だと言って、それから楽しい会話がまだえんえんとつづきます。

でもだれかに手紙を書くときには、そんなふうに書けないのです！

いつでも複雑なことを書いてしまうので、みんなに、フクロウよ、もうちょっとわかりやすく書けないものかね？　と思われてしまいます。

ぼくにはみんながそう思っているのがわかるのです、　キリギリス！

どうすればいいでしょうか？

ぼくは――キミには理解してもらえることを願っていますが――幻滅しているのです。
堪えがたいほどに幻滅しています。

フクロウより

この手紙を読んで、キリギリスはフクロウに〈単純〉を送ることにした。
小さな包みだった。
フクロウがだれかに手紙を書くたびに、ほんの少しだけ飲むように、と。
だが途方に暮れていたフクロウはすべての〈単純〉を一度に飲んでしまった。
翌日、キリギリスのところに手紙が届いた。

やあ店主、
ぼくは元気だ！
キミもそうだろ。

ぼくより

〈ぼくは〉と〈元気だ〉のあいだの〈期待以上に、例外的に〉という言葉が、ぐちゃぐちゃに消されていた。

しばらく考えたあと、キリギリスはだれからの手紙かを理解した。〈単純〉の入った引き出しを開けると、残っていた〈単純〉をすべて捨てた。

もう〈単純〉は売らないことにしよう、とキリギリスは思った。

56

ある夜、アリがキリギリスを訪ねた。

いっしょにハチミツ入りのお茶を飲みながら、キリギリスは後ろにもたれて話をした。これまでだれも買おうとしたことがなく、在庫品の戸棚のなかでほこりをかぶって積み重ねられている商品があるのだ、と。

「なんで捨てないの？」アリがたずねた。

「捨てちゃったら、なんでも売ってることにならないから」キリギリスは答えた。それから、奇妙などうぶつたちが奇妙な、まだだれも聞いたことがないものを買っていった話をした。

「ぼくも聞いたことがなかったものなんだ」キリギリスは言った。「でも、在庫にあったんだよ！」

アリは驚いてキリギリスを見つめた。

「まるでぼくの〈考え〉みたいだ」アリは言った。「ときどき、一度も考えたことがなくて、これからも二度と考えることがない考えが頭に浮かんでくるんだ。どこから来たかもわからないけど、ちゃんとぼくのなかにその考えがあるんだよ！」

「うん」キリギリスはカップにお茶をまたなみなみと注ぎ、ハチミツを一さじ入れた。

アリは物思いにふけって、自分の考えについて考えていた。

「キミは〈奇跡〉も売ってる？」しばらくしてアリはたずねた。

「もちろんだとも」

「ぼくの考えも奇跡なんだ」アリは言った。

「あらゆる種類の奇跡を売ってるよ」キリギリスは言った。「サイズと色を取りそろえて」それらがどんな奇跡か、キリギリスは話した。

でもアリはもはやキリギリスの話に耳を傾けていなかった。まるで自分がとても小さく、荒野に立っている気がしていた。目のまえで自分の〈考え〉たちが、頂《いただき》に雲のかかる険しい山々のように立ちはだかった。雨が降り出したので、アリは巨大な、傾いた〈考え〉の下に雨宿りした。

風が起こり、アリに話しかけた――風とはまったくちがうなにかだったのかもしれないが。「アリよ、アリ、そんなふうにいつでもなんでも考えこむのはやめたまえ……」

「うん」アリはそこで言った。キリギリスが自分になにかたずねたと思ったのだ。

それからアリとキリギリスはさいごの一杯のお茶を飲み（とくべつたくさんのハチミツを入れて）、飲みおわるとアリは家に帰っていった。

「おやすみ、キリギリス」アリは言った。

「おやすみ、アリ」キリギリスは言った。

アリは両手を背中にまわし、暗い森を抜けて家まで歩いていった。なにも考えないようにしてみたが、うまくいかなかった。

それだけはぜったいに無理だ、とアリは思った。

57

ハリネズミはキリギリスの店の陳列棚を見てまわった。ときどきなにかを手に取って、裏を見てはまたもとにもどした。

なにかを探しているのだが、それがなんなのかは自分にもわからなかった。

キリギリスはカウンターの椅子にすわり、辛抱強く待った。

ハリネズミがつぶやく声が聞こえた。「これだ、そう、これ……いや待てよ、やっぱりこっちかも……きっとそうだ……でもやっぱりわかんない……」

しばらくして、キリギリスは声をかけた。「なにを探してるの？　ハリネズミ」

ハリネズミは立ち止まって言った。「なにか温かくて、ほっこり楽しくて、だれかといっしょにするような……」

キリギリスは温かくてほっこり楽しく、だれかとする、あらゆるものを挙げてみた。

とつぜん、ハリネズミは探していたものを思いついた。

「一杯のお茶だ」その声はかすれていた。

「そうか！」キリギリスは言った。「一杯のお茶がいいね」

キリギリスは店に鍵をかけて、ハリネズミを奥の部屋にとおした。

そこでキリギリスとハリネズミはお茶を飲んだ。温かく、ほっこり楽しいお茶をいっしょに。

長いあいだ、どちらも黙っていた。ハリネズミはカップのなかを見つめ、キリギリスは触角でひたいをこすった。

「あのね」ハリネズミがそこで言った。「ぼくはいま満足している。とても満足してるんだ。でも、いつも満足すると、悲しい気持ちにもなるんだ。いまもそう。すごいヘンだと思うんだけど。満足すればするほど、よけいに悲しくなる。ときどき、こう思うんだ。満足することがなければいいのに。そうしたら悲しくならずにすむからって。自分がなんでもないといいな。満足もしてない。満足してなくもない。悲しくもない。なんでもない。なんでそう思うんだろうね？」

「わからないな」キリギリスは言った。

「キミもそういうことがある？」ハリネズミがたずねた。

でも、キリギリスが返事をするより早く、店の呼び鈴が鳴った。

「お客だ」キリギリスは言って、がばりと立ち上がった。

ハリネズミはうなずき、カップを置くと、家に帰っていった。

58

ベッドにあおむけに寝て天井を見ながら、キリギリスは考えていた。店のこと、客たち、商品、太陽、月、星やその他いろんなことについて。それから、自分についても考えてみた。

店に立ち、みんなの対応をしている自分の姿を思い描いた。「そうだね、サイ」「売ってるよ、カバ」「もちろんだよ、カエル！」「誕生日プレゼントにするの？　クマ」「キミのためにとくべつに取っておいたんだ、イタチ」「はいどうぞ、アリ」「気をつけてね、ゾウ！」「キミのためならいつだって、コオロギ！」「こちらこそありがとう、リス！」

キリギリスはうなずき、かけずりまわり、おじぎをし、ほほ笑み、ドアを開けてやり、包み、また開け、結わえ、またほどき、注意深く聞き、時間をかけ、だれに対しても親切に接していた。

とつぜん、キリギリスはベッドの上でがばりと起き上がり、なぜかはわからないがさけんでいた。「でも、ぼくは親切なんかじゃない！　ほんとうはぜんぜん親切じゃないんだ！」

声が裏返り、心臓がドキドキしていた。

いままでそんなことをさけんだことはなかったし、考えてみたことさえなかった。

でもキリギリスにはそれがほんとうであるし、じつはどうぶつたちにこう言いたいのがわかっていた。「出ていけよ、カバ」「もうキミには売ってやんないよ、コオロギ」「何度、説明すりゃわかるんだよ、カブトムシ」「こっちだって疲れてるんだよ、そんなこともわからないのか？　カラス」「いい加減、バクハツしそうだよ、アリ！」「いや、なんにも似合わないから、サイ。まだわかんないの？」

ほんとうはショーウィンドウにこんな看板を置きたいくらいだ。

なんでもあります
（ただし、これを読んでいる方には売りません）

そして、カーテンの後ろに隠れてあざ笑うよう、キツツキを雇うのだ。だれかが看板を読まずに入ってきたら、ひっつかんで読ませてやる。

そうすれば、ほんとうの自分でいられる。不親切、ということだ。

しばらくそのままベッドにすわって、ほかにはどんなことをみんなに言ってやれるか、考えていた。

不愉快に扱ってやろう、あいつらのことを、とキリギリスは思った。恐怖をかきたて、慄《おのの》かせてやろう。

それからキリギリスは横になり、眠りに落ちた。悲しいことに、自分がまちがいなく親切であることを、キリギリスは知っていた。ほんとうに親切などうぶつだけが、自分は親切でないと考えるものだということも。

真夜中にまた目を覚まし、がばりと起きあがった。

頭のなかで、あらゆるところからどうぶつたちがキリギリスの店に押し寄せてきていた。

「ぼくたちも親切じゃないんだ！」みんながさけんでいた。「だれも親切なんかじゃない！　ただそう見えるだけ！　親切なんて存在しないんだ！」

どうぶつたちはキリギリスをつかんで揺さぶり、前日の売れ残りのケーキを顔になすりつけた。

「キミたちの言うとおりだ！」キリギリスはさけんだ。驚いたことに怒ってはおらず、白いクリームまみれの顔でふたたび横になり、眠りにもどった。

翌朝、キリギリスは店の呼び鈴に驚いて、目を覚ました。

「いま行くよ！」そうさけぶと、キリギリスはベッドから跳ね起きた。

「キリギリス、こういうのあるかな？」だれかがしびれを切らして外でさけんでいるのが聴こえた。

「もちろん、あるよ！」キリギリスはさけび返した。声の主はコオロギだとわかった。

こうしてキリギリスは、触角を洗わず、仕事着を着ながら、店の鍵を開けた。

親切であることは避けられない――キリギリスはそう思った。

そして、コオロギの求める金色のボタンのついた赤いコートのことを考えた。コオロギがそれを買いにくるような気がして、あらかじめ取り置いてあったのだ。

59

冬のはじめのある日、外が雨嵐で客がいないとき、キリギリスは思った。そうだ、自分になにか売ってみよう！　と。

キリギリスは胸がドキドキして、頬が熱くなるのを感じた。

外に出て、後ろ手にドアを閉めると、寒さに震えてびしょぬれになるまで立ちつくしていた。

それからドアを開けて、店に入った。

「こんにちは、キリギリス」キリギリスは言った。

「こんにちは、キリギリス」とキリギリスは自分で返事をした。

「ひどい天気ですね」

「ほんとうに！　寒かったでしょう」

「ええ」

キリギリスは触角を絞り、温まるように前足でからだをたたいた。

「ちょっとは温まりましたか？」

「ああ、大丈夫です。ありがとう。ところで、すてきなお店をお持ちですね」

「そう思っていただけますか？」キリギリスは顔が赤くなるのを感じた。

「思いますとも。こんなすてきなお店ははじめてです」

「ほんとうに？」

「はい。もう長くやってらっしゃるんですか？」

「ええ、とても長く」キリギリスは目をふせた。「たぶん、ずっと」

「そうなんですね。これからもずっとつづけられるんですか？」

キリギリスは目をぎゅっとつぶり、触角で鼻をこすった。なんて気まずい質問なんだ、とキリギリスは思った。たぶんずっとやっている、などと言ったこっちも悪かった。

「さあ、どうでしょう」間をおいて、そう答えた。

会話はそこで止まってしまった。キリギリスは咳払いをして言った。「なにをお探しですか？」

「コートを。コートもありますか？」

「もちろんです！　品揃えも充実してます。どんなコートをお探しでしょうか？　暖かなのか、頑丈な生地のものか、それともパーティー用のおしゃれなものか？」

「そうですね、何枚か買おうかな。いろんな種類から一着ずつ」

「いいですね！」キリギリスは声をあげて、くるりとターンし、カウンターに飛びのると、すぐに下りた。

「これは失礼」キリギリスはまた赤くなった。

「いえいえ」

「ときどき、とつぜん陽気になっちゃうもので」

「ぼくもそうですよ」

「ほんとうですか？」

「ええ」

それからキリギリスは自分自身に、まず踊りましょう、と提案して――自分自身と踊れる範囲で――踊ることにした。頭がくらくらすることも自分の耳にささやきながら。それが終わると、店にあるいちばんきれいなコートをたくさん選んだ。

キリギリスは何時間も、試着を重ね、ささやきつづけた――シルクやベルベット、金襴《きんらん》、バックル、スパンコールについて、茜色と辰砂《しんしゃ》のちがいや、裏地のあるなしについて。

さいごにキリギリスは、金色で縁取りされた緑色の分厚い冬物のコートを着て店を出ると、しばらくしてからまた店にもどった。

コートを脱いで、戸棚にしまって思った。なんていう日だ……。

キリギリスは窓のところに立って外を眺めた。まだ雨が降っていた。今日はもうだれも来店しないだろう、とキリギリスは思った。

訳者あとがき

本書はオランダの元家庭医で詩人・作家のトーン・テレヘンによる *Het geluk van de sprinkhaan*（『キリギリスのしあわせ』、二〇一一年、ケリド社）のオランダ語からの全訳である。一九八四年の *Er ging geen dag voorbij*（『一日もかかさずに』）以来、児童書として刊行されてきたどうぶつたちの物語（『きげんのいいリス』はそのなかの五作目）を、二〇〇八年に大人向けの〈どうぶつたちの小説〉としてシリーズ化。本書はその四作目にあたり、日本で話題となった『ハリネズミの願い』の三年前の作品になる。

誠実で勤勉なキリギリスが森のはずれで営む店には、太陽と月と星以外はなんでも売っている。服や食べ物といったふつうの商品のほかに、困っていると助け舟を出してくれるテーブルや、パーティー用の〈スピーチ〉や〈雨〉、さらには〈時間〉や〈恥知らず〉〈絶望〉などもそろっている。遠い砂漠からラクダがドアを注文すれば送ってやるし、クジラの依頼で舟で海に出て、背中の噴水のまわりに庭造りをすることもある。店が暇なときには、お客とお茶を飲んだり、踊ったりもする。なんでも売っているなら店全体をもらおうというコメツキムシに、着ている服まで身ぐるみはがれてしまったり、例外を設けて月を売ってくれというコウモリの願いに応えて空にはしごをかけたり……キリギリスは日々、奮闘する。

どうぶつたちはこのキリギリスの店で買い物をするのが大好きだ。たまに気むずかしいどうぶつや攻撃的などうぶつも訪れるが、気のいいお客がほとんどで、ムカデがぜんぶの足に靴を買うのに途方もない時間がかかっても、文句も言わず、客どうしおしゃべりをしながら順番を待つ。『ハリネズミの願い』『きげんのいいリス』同様、『キリギリスのしあわせ』にも誕生日や、とくに理由のないパーティーを開くどうぶつたちの話が出てくる。これは誕生日に家族や友人を招待して、ともに祝ってもらったり、そうでなくても集まっては会話を楽しむことを大切にするオランダの習慣に由来する。大勢の人が集うにぎやかなパーティーもあれば、円くなって座れるくらいの少人数のものもある。会話がはずんで楽しいことも、話す人がいなくてつまらないことも、だれもが体験していること。ドリンクとナッツやチーズといった簡単なおつまみで、ただおしゃべりするだけのパーティーのいったいどこが楽しいのだろう——オランダの暮らしにまだなじめず不思議に感じたこともあったけれど、徐々にそのなにげない楽しみの味わい深さがわかるようになった。パーティーを開くこと、仲間を招待することへのどうぶつたちのこだわりは、そんな文化的背景にもとづいている。

四十年近く前、小さな娘に聞かせていたお話をもとに、トーン・テレヘンは物語を書きはじめた。そのときに設けた決まりは、〈皆同じ大きさ〉〈同種類のどうぶつは複数登場しない〉〈物語内でだれも死なない〉〈人間とペットは出てこない〉〈どうぶつたちは入れ替わることができ、固有の個性をもたない〉〈どうぶつたちに過去と未来は存在しない〉。『ハリネズミの願い』同様、『キリギリスのしあわせ』にも固有の個性を有するどうぶつたちは出てくるが（考えすぎるアリ、気づかいのできるリス、木を見ると登らずにはいられないゾウ、食いしん坊のクマ、猜疑心の強いカラスなど）、いまも概ねこの決まりに変わりはない。性差も当初から一貫してなく、オランダ語では女性名詞、中性名詞にあたるどうぶつも、あえて意識的に〈彼〉という代名詞で統一しているとお聞きした。

『ハリネズミの願い』の主人公のハリネズミは、だれかにあそびに来てほしいのに勇気がなくて招待できず、頭のなかだけで、いろんなどうぶつが訪ねてきては失敗に終わるところばかり想像している。その姿に自分を重ねて共感し、おかしな妄想をいっしょに楽しんでくださった読者がたくさん存在する一方、ただ考えているだけで行動しなくてイライラする、というもっともな感想もあった。はたらきもののキリギリスは日本でどんなふうに読まれるだろう？

『キリギリスのしあわせ』のオランダでの書評をいくつか紹介してみよう。「読者の身に覚えのあるさまざまな感情を的を射たたとえで描いた、老若男女の読者を魅了する一冊」（デ・レースウォルフ誌）。「だれにも真似のできない才能が存分に発揮されている。すなわち、短い物語のなかに、おかしくてちょっと不条理で、読者の共感を呼ぶと同時に、考えるきっかけになるようなシーンを描く、ということだ」（ノールトホランス・ダッハブラット紙）。「おそらくテレヘン自身もキリギリスの店で買い物をしたのだろう。彼の〈創造意欲〉はずっと美しい物語を産みつづけているのだから」（ネーデルランス・ダッハブラット紙）。デ・レースウォルフ誌にはこうある。「洗練された動物寓話の著者として、トーン・テレヘンはオランダ文学界で特別の位置を占めている。リスやコオロギ、アリ、その他の森の住民たちをめぐる夢想のような、哲学的な寓話で、テレヘンはこの分野をひとりで活気づけつづけている」どうぶつたちが擬人化されているものの、教訓を含まないところがテレヘン文学の良さ。その点、厳密な意味の〈寓話〉ではないが、オランダ文学界での評価はこのとおりである。

　テレヘンは長年、家庭医としての多忙な日常から離れたフランスでのバカンスのおりに物語をつくり、翌年、どうぶつ物語つき週めくりカレンダーとしてまわりの人にプレゼント、のちにその物語をまとめて一冊の本にする、という方法で創作をつづけてきた。動物が主人公の物語は世界中に溢れているが、これほど奇想天外、かつ細やかな感情を描いたものはめずらしい。いったいどうやってこんな物語が書けるのか、と伺ってみたところ、ある人が生まれながらに背が高いように、自分はたまたま物語が書けるのだ、と話されていた。さまざまな本が三十ヵ国語に翻訳されて、各国で大人と子どもを楽しませているのに、淡々とした姿勢はまったく変わらない。

　日本では、二〇一七年に『ハリネズミの願い』を本屋大賞翻訳小説部門の一位に選んでいただいた。オランダでもいくつか小さな記事になり、こちらの読者が増えるということにもなった。二〇二〇年秋、ケリド社が九冊の〈どうぶつたちの小説〉を一冊の本 *Ze wisten er meer van*（『彼らはより多くのことを知っていた』）にまとめて刊行した。著者略歴には、日本と韓国でベストセラーになったこと、フランス、デンマーク、スロベニア、ベトナム、台湾、中国、ロシアでも出版されたことが記されている。発行部数では日本語版『ハリネズミ』がもっとも多く、千ページを超える分厚い本の巻頭には、『ハリネズミの願い』がおかれている。思いがけず、日本経由で世界に広がっていく本となり、オランダの文学史にも小さな足跡を残すことができた。

昨夏、『キリギリスのしあわせ』の日本での刊行をお聞きになったテレヘンさんは、すぐに喜びのメールをくださった。毎年、行なってきた音楽家たちとの共演の舞台でも、本書から数々のお話を朗読してきたので、とても愛着があるという。ご自身でさいしょにつけたタイトルは『キリギリスの店』だったそうだが、日本語版はケリド社版のタイトルのままとした。

日本語版刊行のきっかけをつくってくださったケリド社の版権担当者、マルタイン・プリンスさん、いつもどおり迅速に対応してくださったタトル・モリエイジェンシーの川地麻子さん、テレヘン文学が多くの日本の読者に届くよう考えてくださっている新潮社の須貝利恵子さんと各担当の方々に心からお礼を申し上げたい。

翻訳上の疑問点にはテレヘンさんに（いつものようにお会いできないのが残念ではあったが）メールでていねいにお答えいただいた。今年の十一月に八十歳のお誕生日を迎えられるので、ご自身が大好きな『キリギリス』の日本語版が少し早めのプレゼントになるように、との思いをこめて訳した。アムステルダムまで額入りのハリネズミの絵をもってテレヘンさんに会いにきてくださったイラストレーターの祖敷大輔さんも、同じ思いで心に染みるイラストを描いてくださった。装幀室の望月玲子さんが今回もすばらしい本に仕上げてくださった。

今年の十二月で九十歳を迎えられる谷川俊太郎さんには、テレヘン文学の日本への紹介に三十年以上、お力添えをいただいた。ほんとうにありがとうございました。

コロナ禍で日本に行くどころか、アムステルダムの街中に出ることもできず、ひたすら近所で散歩をつづけるなか、来春にはこの本が出る、と思うたびに明るい希望に満たされた。テレヘンさんの物語を好きでいてくださる日本の方々に心から感謝している。オランダでオランダ文学の紹介をつづけるわたしをずっと応援してくれている日本とオランダの家族と友人たちにも。

温かくて面白いキリギリスの店の物語が、読者の方々の心にしあわせを届けてくれますように。

二〇二一年三月　アムステルダムにて

長山さき

HET GELUK VAN DE SPRINKHAAN
Toon Tellegen

キリギリスのしあわせ

著 者
トーン・テレヘン
訳 者
長山さき
発 行
2021 年 4 月 30 日

発行者　佐藤隆信
発行所　株式会社新潮社
〒162-8711 東京都新宿区矢来町 71
電話 編集部 03-3266-5411
読者係 03-3266-5111
https://www.shinchosha.co.jp

印刷所
株式会社精興社
製本所
加藤製本株式会社

乱丁・落丁本は、ご面倒ですが小社読者係宛お送り下さい。
送料小社負担にてお取替えいたします。
価格はカバーに表示してあります。

ISBN978-4-10-506993-3 C0097